재스민 향기는 어두운
두 개의 콧구멍을 지나서 탄생했다
조말선 시집

문학동네시인선 027 조말선

재스민 향기는 어두운
두 개의 콧구멍을 지나서 탄생했다

시인의 말

입을 다문다. 입속으로 무엇이 고이고 빠져나간다. 계속.
꼭 다문 꽃봉오리를 벌려보면 규칙적으로 접혀 있는 꽃
잎들.
알 수 없는 순간에 형식을 만들고 형식을 부수며 꽃이 핀다.
꽃이 진다.

2012년 9월
조말선

차례

시인의 말   005

1부

확보   012

얼굴   013

입장들   014

손에서 발까지   015

깊이에의 강요   016

비 밖의 무선상상력으로 만난 i, ㅎ, j, m, B   018

집의 위치   020

한없이 접혀 올라가는 소매들   022

무엇   024

어울리니?   025

꽃밭의 기원   026

가로수들   028

인식   029

테이블 위, 테이블 아래   030

남겨진 쪽으로   031

서명   032

손   033

고향   034

2부

결말   036

통로   037

한 달   038

해바라기   040

벽지   041

나무   042

너덜너덜   044

재스민 향기는 어두운 두 개의 콧구멍을 지   045
나서 탄생했다

생강차의 맛   048

내세울 만한 얼굴   049

기념사진   050

나르시스와 나르시스들   051

꽃나무   052

돌아선 얼굴   053

투명한 이웃   054

노을   055

후각의 세계   056

양배추가 나올 때까지   057

3부

메아리 060

생각보다 가벼운 상자 061

등록 062

거기 063

더러워지는 목련들 064

손바닥 065

축! 066

천수천안관음보살 067

성급한 일반화 068

당신이라는 숟가락에 069

식판제도 070

조말선 071

녹슨 숲 072

기억 073

코의 위치 074

내 생각의 내장은 075

쿵쿵쿵(컹컹컹) 076

누군가 077

4부

나도아름다운접두어 080

유사성 081

내향적인 변기 082

벽이라는 기의에 대한 벽이라는 기표 084

나의 잠 086

오보에 속으로 들어가기 087

찢어지는 고통 088

목도리 089

기계적 바다 090

물심양면 091

목걸이 092

연대기 093

배고픈 기표들 094

벌레 095

친화력 096

유리창 098

사용한 사람 099

숲 100

눈이 녹으면 101

해설 | 말할 수 없는 입 103
       | 구모룡(문학평론가)

1부

확보

벼랑처럼 여름이다 식물들은 쑥쑥 위로만 기어오른다 나는 날카로운 칼을 가진다 새삼 해변이 가까이 있었다 해변에는 한 번도 가지 않았다 화면에 비친 그곳은 낯설다 늘 모르는 사람들로 북적인다 칼날에서 번뜩이는 햇빛이 칼보다 날카로운 게 불만이다 내가 식물성향보다 동물성향이 강한 게 불만이다 덩굴들은 여름에 가장 멀리까지 올라가 있다 나는 늘 땀으로 번들거리며 벼랑을 기어오르고 있었다 희미한 한 사람이 밧줄 끝에 호의적으로 서 있었다 얼굴은 알아볼 수 없었다 나는 추락할 수 있는 경우의 수를 하나 더 확보했다

얼굴

이 토르소의 얼굴이 어디입니까, 라고 묻는다면 매끈하게
절단된 목이 대표적입니다 아름다운 얼굴입니다

당신의 얼굴은 툭 튀어나온 가슴이라고 말하고 싶은 거
죠 두근거리면서 포옹할 수 있는 얼굴은 아무나 할 수 있
는 게 아니죠

이 집의 얼굴은 이틀 전에 팔려버렸기 때문에 당분간 부재
중입니다 눈동자가 빠져나간 창문의 표정이 깊어졌습니다

우리 모임의 얼굴은 자주 바뀝니다 어제는 만신창이였고
그제는 부풀어오른 풍선이었는데 오늘의 얼굴은 바닥입니
다 바닥까지 떨어진 우리 모임의 명예를 슬리퍼로 만들 수
는 없기 때문에 우리는 발을 들고 탁자 위에 얼굴을 올려놓
았습니다

솔직하게 드러난 바닥의 표정을 볼 수 없는 것이 내 얼굴
입니다

입장들

우리 사이에 유리창이 있다
나는 당신을 들여다본다
당신은 나를 내다본다
아닐 수도 있다면
안과 밖의 문제에 부딪혀서
위치를 바꾼다
나는 부분을 본다
당신은 전체를 본다
유리창의 사정에서 말한 것이라면
입장을 바꾸어서
당신이 사려 깊은 태도로 안을 본다면
나는 이제 사냥이라도 떠나고 싶은 표정을 짓는다
오해를 풀기 위해서
유리창은 열지 않는다
고정관념을 깨기 위해서
유리창은 깨지 않는다
입장을 바꾸어도
내 앞에 있는 당신에게 어른어른 나는 겹쳐져 있다
오해하기 위해서
당신은 손차양을 만들어
나에게 겹쳐져 있는 당신을 의심한다

손에서 발까지

당신이라는 장소에 도달하기 위해
손에서 발까지 걸어갔어요
이런, 내 손과 내 발인 줄 몰랐는데 말이죠
당신 손은 언제나 내 손만한 심장을 꽉 쥐고 있군요
내 발이 계속 더듬는 이유죠
내 손보다 더 큰 접시가 놓인 밥상 위에서
우리는 접시보다 못한 곳이 되어버리죠
내 입에서 뛰쳐나온 사랑의 밀어가
당신의 방패에 멋지게 꽂힙니다
접시가 흘러넘칩니다
우리가 자꾸 비만이 되는 이유죠
당신이라는 장소에 도달하기 위해
배에서 등까지 걸어갔어요
삽시간에 와락 안을 수도 있지만
그다음엔 무얼 하죠?
걸어가기에는 당신은 꽤 비좁군요
당신이라는 장소에 도달하기 위해
막 내 오른손에 도착한 곳이 당신인가요
당신에게서 당신까지
매일 한 시간 십 분씩만 걸어갈게요
당신이라는 장소에 도착하기 전에
당신은 이미 건강할 거예요

깊이에의 강요*

그렇다면 나에게 깊이를 보여주시겠습니까

여기 있는 빈 술병과 반쯤 남은 술병을 예로 들어

목이 좁은 원통의 높이를 구하는 공식은 어떤가요

내 손이 가장 커지는 순간이 병의 바닥에 닿지 않을 때라면

저 꽃병에 꽂힌 짧은 손목들은 깊이를 맛보고 있는 중입니다

키가 큰 당신은 나보다 깊습니다 키가 큰 당신은 바닥보다 얕습니다

술을 가장 많이 마신 사람은 누구입니까

당신 때문에 밤이 깊어졌습니다

목을 수그린 대화는 테이블에 엎질러졌습니다

관상용으로 꽂혀 있던 주먹이 튀어나와 불확실한 얼굴을 가격한다면

분출하는 밤이라도 막아주세요

나의 질문이 다시 자정에 가 있습니다

이중에서 가장 두꺼운 책을 낸 사람은 어떻습니까

한마디도 하지 않은 저 사람 때문에 깊이를 알 수 없습니다

아직 한마디도 하지 않은 저 사람이 쾅, 테이블만 내리쳐도

깊이는 형식적으로 불안합니다

* 파트리크 쥐스킨트, 『깊이에의 강요』

비 밖의 무선상상력으로 만난 i, ㅎ, j, m, B

비로소
비가 오지 않는 방에서
주격조사 i는 빗소리를 증가합니다
마주보는 두 벽이 거울을 주문합니다
중앙은 테이블에 맞춰놓고
창문은 열려 있습니다
주격조사 ㅎ이 옆에
침묵을 앉혀놓는 버릇은 따로 있습니다
이중에서 밀애중인 한 사람과
한 사람 사이의 다른 사람 덕분에
TV야구를 즐길 수 있기 때문입니다
특히 이닝과 이닝 사이에서
바깥의 비를 생각하는 재주는 천재적입니다
다행히 주격조사 j가 창문을 등지고 앉습니다
중앙에 집중하는 것은
일일연속극의 가르침입니다
빗소리가 가장 잘 들리는 곳은 j의 시입니다
비가 그치지 않았으므로
주격조사 m은 만나는 장소가 서술어입니다
m은 여러 번 쟁반을 들고
주방을 드나들며 주격조사를 첨가합니다
주격조사 B는 주격조사 b가
내리는 창문을 열어두었기 때문에

자기 시의 미래에 내릴 것입니다

집의 위치

전망 좋은 방에 의자를 놓습니다
전망이 의자를 넘어갑니다
오전 내내 의자에 앉아서 너머를 바라봅니다

전망 좋은 방에 침대를 놓습니다
전망이 침대에 누워버려서 나는 침대를 넘어갑니다
그로부터 백 년 동안 문의 반대편을 바라보는 문지기처럼
나는 창밖을 바라보고 있습니다

당신이 점점 멀어지니 아름다워집니다

전망 좋은 방에 식탁을 놓습니다
나무와 꽃, 노을과 강변, 하얀 집…… 나무, 꽃, 노을, 강,
변, 하얀, 집
식탁 가득 전망을 차립니다
오랜만에 우리는 마주보고 앉아서 우리가 반한 전망에 대
해 이야기합니다
식탁이 점점 멀어집니다
식탁을 올라가기 위해 계단을 올라갑니다
식탁을 올라가서 덜덜 난간을 붙잡습니다

당신이 점점 멀어지니 끌립니다

동전을 넣고 망원경을 봅니다
나무와 꽃 다음에 무엇이 보입니까
노을은 어디쯤에서 폭발한 마음입니까
오늘 다음에 내일이 보입니다
어제 다음에 내일이 보입니다
오늘은 발바닥처럼 보이지 않습니다

당신이 점점 가까우니 보이지 않습니다

한없이 접혀 올라가는 소매들

이 오물이 튀지 않게 소매 좀 걷어줘요
당신은 손을 쓰기 전 내게 부탁한다
이만큼이면 될까요
나는 소매 속에서 당신의 손목을 꺼내준다
후, 당신은 참은 숨을 쉬기 시작한다
코만 나왔으니 조금 더 걷어주시면 고맙겠습니다
당신은 손도 쓰지 않은 채 내게 부탁한다
나는 당신의 손목 위의 벌레 물린 부위 만큼 소매를 걷어
준다
당신이 손을 쓰기 시작하자 오물이 튄다
앞이 보이지 않는지 당신은 소매로 눈가를 닦는다
소매가 당신의 눈에 가려 보이지 않는다
나는 당신의 소매를 접고 접고 접는다
당신의 눈꼬리가 드러나고
당신의 속눈썹이 드러나고
당신의 굴러다니는 눈알이 보였다가 안 보였다가
소매의 소실점으로 당신의 소매는 한없이 접혀 올라간다
당신의 소매는 무한대이다
당신의 소매는 접어도 접어도 접힌다
당신의 소매는 불완전수
당신의 민소매가 완전수라 해도 지금
손쓸 수 없는 당신의 소매 접기는 무한대
오물이 튀지 않는 지점은 조금씩 자리를 옮긴다

나는 당신의 소매를 한없이 풀고 있다

무엇

1은 이제 막 심은 어떤 묘목입니다
햇빛을 편애해서 무리하게 허리가 휜 2가 되었지만
무언가 되려고 둥글어지려 합니다
무언가 된다는 것이 둥글어지는 것만은 아니지만
3은 성급하게 마무리하려는 어떤 나를
만류하는 셈이 됩니다
4방이 가능하므로
사방을 살펴본 후에
무엇이 되어도 늦지 않다는 말입니다
5! 이 정도면 오렌지 같기도 하고
아보카도 같기도 하고
세상의 어떤 것을 낚아챌 미늘 같기도 합니다
6도 사람은 아닙니다
7 정도면 무언가 매달릴 수 있을까요
바퀴에 비유하는 8이 식상하긴 하지만
같은 말을 반복할 수밖에 없는 위급함이 있을 것 같습니다
보세요, 9, 누군가 목을 늘어뜨리고 있잖아요
무엇인지 알 수 없지만
어떤 묘목 1이 옆에 둥근 무엇을 생산했습니다

어울리니?

나는 요즘 너와 어울리는 게 어울리니?
어울린다는 저속함과 맞춤함이 어울리니?
너는 내가 될 수 없고
나는 네가 될 수 없기 때문에
어울린다는 말이 어울리니?
나는 요즘 모자와 어울리는 게 어울리니?
어울린다는 말을 듣는 순간
모자가 아니라 찬물을 쓴 느낌이 어울리니?
세상에서 모자가 가장 잘 어울리는 사람이
사건 용의자라는 말이 어울리니?
그때 보일락 말락 한 혐의 때문에
모자가 가장 보람차 보인다는 게 어울리니?
얼굴은 없고 얼굴의 기억만 간직한 모자가 어울리니?
나라고 고백하는 순간 후다닥 내가 달아나버리는 느낌
너에게라는 머리에 모자를 씌우는 순간 네가 빠져나가
는 느낌
느낌은 계속 움직이는데
요즘 나라는 모자가 너라는 모자와
어울리는 게 어울리니?

꽃밭의 기원

여기저기서 불거지고 있는 잡담 혹은 잡음에서 시작됩니다

한없이 음식을 기다리는 음식점에서 잘 기억나지 않지만 우리는 여기와 저기에 앉아 있었어요

십 분이 지났을 때 누군가 자리에서 일어났기 때문에 빈 자리가 불쑥 솟아올랐습니다

누군가의 잡담 혹은 잡음입니다

길가의 꽃처럼 코를 들이대고 입술을 내밀어 뽀뽀하기도 하고 급기야 꺾어들고 가다가 바닥에 내던질 태세입니다

덕분에 이십오 분이 지났으므로 여기저기서 불거지고 있는 잡담 혹은 잡음은 자리를 뜬 사람이 수습할 수 없는 곳입니다

열렬히 휘두르는 팔이 길어진 것을 보니 모두 배가 고픕니다

여러 명을 한꺼번에 껴안을 수 있을 만큼 우리는 식욕이 왕성합니다

삼십 분이 지났을 때 솟아오른 빈자리를 전채요리처럼 가운데로 끌어당겼습니다

활짝 핀 꽃잎의 방향이 백방으로 벌어진 것처럼 우리를 뺀 잡담 혹은 잡음은 백방으로 펼쳐졌습니다

여기와 저기는 백방으로 진화합니다

잡담 혹은 잡음은 진화해도 잡담 혹은 잡음입니다

한없이 기다리게 하는 음식점과 늦어지는 음식에 대한 무르익은 자세입니다

갑자기 전화기를 귀에 대고 들어선 빈자리를 따라 나팔꽃 넝쿨이 기어들어옵니다

여기저기서 꿀 먹은 봉오리가 붉거집니다 어딜 갔던 거니?

무려 사십오 분을 채워준 보답으로 여기와 저기서 다정한 질문을 던집니다 너의 나팔꽃은 꽃바퀴가 오른쪽으로 돌아가니? 왼쪽으로 돌아가니?

우리는 빈자리의 귓바퀴가 사십오 분 동안 어디로 돌아갔는지 알고 싶은데

여기저기서 벙어리가 붉거지는 모습은 화기애애합니다

가로수들

한 손이 다른 손에게 구름을 건네주고 있었다 이 발이 저 발에게 바람을 건네주고 있었다 그것은 늘 움직이고 있는 한 손과 다른 손, 이 발과 저 발이어서 장소가 없었다 도착이 없었다 당신은 내 옆을 지나가고 있었다 나는 당신의 옆모습이 만족스럽지 않아 반쯤 표정을 숨긴 태도가 나를 외롭게 해 한 옆모습이 한 옆모습을 돌려세우려고 가고 있는 당신은 더 외로워 보여 그러니 당신은 이봐 이봐, 당신을 돌려세우려고 가고 있었다 외로움의 제복을 입고 당신에게 당신을 건네주고 있었다 제복의 아름다움은 길게 줄을 서는 것 그것은 늘 움직이고 있는 현상이라서 봄이 왔다 한 손이 다른 손에게 봄을 건네주고 있었다 이 발이 저 발에게 봄을 건네주고 있었다 저 소실점까지!

인식

냄새가 장미를 끌고 간다
냄새가 장미를 질질
냄새가 장미를 사뿐사뿐
장미는 동물처럼 끌려간다
장미는 유령처럼 날아간다
나는 장미에 밑줄을 친다
나는 장미에 주석을 단다
냄새가 장미를 끌고 가는 곳은 어디인가
냄새는 장미를 분만한다
꽃밭가에, 수도꼭지에, 창문턱에
다닥다닥 장미는 초과한다
냄새가 움직인다
장미가 움직인다
장미가 냄새를 앞세운 곳은 어디인가
나는 움직인다

테이블 위, 테이블 아래

테이블은 수평이다
테이블이 놓이자 실내는 빛과 어둠

테이블 아래는 너의 감은 눈
테이블 아래는 눈을 뜨고도 안 보이는 너의 눈

테이블 아래는 내 발이 내 발에게 밟히고
테이블 아래는 내 발이 내 구두를 벗겨 신고

바닥으로 떨어질까봐
냅킨을 활짝 펼쳐들고 대화를 주고받는다

테이블 위는 대칭
오늘밤의 대칭구도는 불안과 긴장

유리잔들이 테이블의 불안을 비우고 또 비운다
나이프와 포크가 테이블의 긴장을 해치우고 또 해치운다

우리는 에티켓으로 입가를 훔친 뒤
테이블 아래로 떨어진다

어둠이 테이블을 떠받든다
테이블은 수평이다

남겨진 쪽으로

나머지 허공으로 흰 디기탈리스가 계단을 쌓는다
어제도 완전히 갇히지 못했던 안개 속으로 기운다, 여행은
만져지지 않는 마음의 창궐이다, 연애는
꽃댕강나무가 허공이 비자 빨간 속잎을 펼친다
누가 누구에게 남았는지 모르게
남은 쪽으로 무엇이 엎질러진다
무엇의 액체성이 남은 공간으로 재빨리 쏟아진다
처음부터 희미했던 네 쪽으로
나도 모르게 점점 희미해지는 내 쪽으로
피로한 액체처럼 무엇을 질질 끌고 다닌다, 나는
의자에 털썩 앉아서야
내 몸이 의자를 위해 완성되고 있다는 것을 안다, 남겨
진 사람은

서명

그러자 내가 태어나고 내가 말더듬이고 내가 태어나지 않았으면 하고 그래도 강물은 새롭고 꽃이 시들고 천둥이 지르고 그러자 내가 말이 트이고 내가 항우울제를 복용하고 이름을 증오하고 그래도 태양은 세상에서 가장 욕된 서명을 하고 폭우를 부르고 폭설을 부르고 서명의 자손들이 번식하고 서명을 할 것인지 서명을 하지 않을 것인지 밤과 낮처럼 명백해야 한다지만 누가 밤과 낮의 분명한 경계를 보았을까 그러자 누가 나에게 어울리지 않는 이름을 지워주기를 바라고 내 인생에서 가장 문제는 이름일 뿐이라고 서명을 할 때마다 우울해하고 세상에는 서명을 한 자와 서명을 하지 않은 자로 나뉘고 서명을 한 자가 죽거나 서명을 한 자가 살거나 하고 그러자 내게 어울리지 않는 이름으로는 서명할 수 없다고 서명운동을 하고

손

　손은 허공을 잡기 가장 가까운 곳에 매달려 있다 그것이
쫙 폈을 때와 꼭 오므렸을 때 허공을 느끼는 양은 같다

　내 손에 고인 허공의 감각을 네 손에서 측정하기 위해

　악수를 한다 내 손의 온도가 전해져온다

　허공이 끈적끈적하게 손바닥에 들러붙는다

　손이 몹시 부드럽군요, 라고 말하는 당신의 감각이 내가
느끼는 말이다

　꼭 잡힌 허공이 우리의 맞잡은 손바닥 사이에서 땀을 흘
린다

　내 손과 당신 손이 느끼는 허공의 양은 같다는 결론에 도
달하기로 하죠

　끈적끈적하고
　부드러운
　우리의 바닥 때문에

　작별할 때 우리는 상대방의 손을 흔들고 있다

고향

벗어놓은 외투가 고향처럼 떨어져 있다
내가 빠져나간 이후에 그것은 고향이 되었다
오늘 껴입은 외투와 나의 관계에 대해서 생각하면
한 번 이상 내가 포근하게 안긴 적이 있다는 것이다
나는 비로소 벗어놓은 외투를 찬찬히 살펴보는 것이다
내가 빠져나가자 그것은 공간이 되었다
후줄근한 중고품
더이상 그 속에 있지 않은 사람의 언어

2부

결말

테이블 위에 한 접시 요리가 올라오자
영화가 끝났다
사람들이 둘러앉아 요리를 먹는다
결말이 어제 오늘 내일로 찢어진다
결말이 그와 그녀와 그들로 찢어진다
결말이 비극과 희극과 희비극으로 찢어진다
결말이 있기 전까지 침묵하던 사람들이
한마디씩 소감을 피력하는 동안
한 접시 요리가 훼손된다
이 영화는 결말이 문제야
입가에 묻은 소스를 닦으며
투덜거리는 사람들 속으로
다양한 결말이 쏟아진다
한 사람은 담배연기로
한 사람은 트림으로
한 사람은 새로운 요리법으로
결말이 나야
영화는 이어진다

통로

　당신의 귀가 성욕처럼 어둡습니다 저기로 가기 위해 귀를 열어주시겠습니까 어딘가에 통로가 있다고 한 사람은 기찻길 아래 긴 언덕입니다 굉장한 소음의 힘으로 나는 몸을 밀어넣습니다 남아도는 소음들의 무덤을 지나 밤을 유예시킨 아이들이 불을 피운 흔적을 지나 꼼짝하지 못하는 이곳은 당신의 가냘픈 목입니까 나는 물을 마시고 나를 넘깁니다 어쨌든 나는 지나갈 수 있습니다 어쨌든 통로는 좁아야합니다 축축한 천장을 만져보니 나는 아주 커진 거지요 뜻밖에 공터를 발견한 것은 내가 작아지고 있기 때문입니다 나는 성숙하고 있었기 때문에 꼭 맞는 통로가 불필요합니다 당신의 이쪽 귀와 저쪽 귀는 불과 한 뼘이지만 들리는 소음의 결말은 멀고 멉니다 나는 보다 커지거나 보다 작아지고 있습니다 나는 지나가거나 지나오고 있습니다 저기, 빛에 가려 보이지 않는 쪽이 결말입니까 당신의 귀는 결말이 나지 않습니다

한 달

한 달의 머리는 1일
한 달의 꼬리는 30일
한 달은 뱀처럼 온순하다

한 달의 머리는 1일
한 달의 꼬리는 31일
한 달은 뱀처럼 머리의 속도가 꼬리의 속도다

한 달의 머리는 1일
한 달의 꼬리가 잘려도
한 달은 뱀처럼 가던 길을 간다

배배 똬리 틀고
머리를 꼬리에 처박고
부탁할 수는 있지 난,
난 아직 준비가 안 됐어, 라고
말할 수는 있지
문제없어, 라고 말하는 30일은
태어나지 않은 것이 문제이다

태어나지 않은 30일은 늙을 예정이다

뱀의 머리는 전진

뱀의 꼬리는 전진
뱀은 줄곧 앞으로 간다

한 달의 머리는 전진
한 달의 꼬리는 전진
한 달은 줄곧 뒤로 간다

해바라기

내가 당신들을 쳐다보거나
당신들이 나를 쳐다봅니다
눈도 없이 눈치를 봅니다
코도 없이 각도가 정확합니다
입도 없이 고백이 이루어집니다
사랑해, 라는 말은 들은 적이 없다는군요
접시같이 커가는 얼굴을 내세울 뿐입니다
눈도 없이 눈을 떼지 않았기 때문에
시력이 나빠졌습니다
코가 없는데 코가 빠지도록
당신이라는 접시를 핥고 있습니다
어디서 새어나오는 걸까요
사랑해, 라는 고백은 늙어빠집니다
나는 뒤가 문제입니다
아니 아래가 문제입니다
손은 어디서 무엇을 하고 있는지
알려줄 수 없기 때문입니다
나의 눈치를 고정시켜놓고
깜짝 놀랄 선물을 감추기야 했을라구요
긴 발목에 흘러내린 속이 시커멓습니다
벗어던질 것인지 주워올릴 것인지
갈팡질팡합니다

벽지

이 벽지를 바르고 나서 담배 한 대 피워도 되겠습니까
전에 쓰던 벽지가 온통 담배연기 때문에 바래졌거든요
색깔이 네, 녹색이었어요
초원 같았죠 사방연속무늬 같은 건 없었죠
못들이 고사목처럼 돋아 있었죠
못자국 때문에 피 흘리는 환영에 시달려서야 되겠어요
당신은 자꾸 흰색 벽지를 권하려 한다
백지 위에 상상화를 그리는 건 진료실에서 하고 있어요
그 초원에서는 말들이 잘 뛰놀았지요
거친 말들이 밤마다 오갔어요
숙취로 황폐해진 얼굴을 볼 때
확 뜯어내고 싶을 때가 있잖아요
담배연기가 안 된다면 고등어를 구워보고 싶어요
녹색이 아니라도 벽지는 다 초원의 성질을 갖고 있죠
담배연기는 담배연기를
고등어구이는 고등어구이를
웃음이 가득한 가정은 웃음이 가득한 가정을
씨를 터트리듯 도로 뱉어내죠
아아, 눈물 자국이 번지는 건 물론이었지요
불모지를 원한단 말입니까 하고 말하는
당신의 손가락은 다음 페이지를 펼친다
다음 페이지는 벽지에 없는 종류잖아요
그래서 말인데 어차피 초원이라면 녹색으로 하려구요

나무

나는 최초의 나로부터 도주하고 있다
최초의 나를 연장하기 위해
나는 최초의 나의 의심에 의심을 달고 있다
환멸에 환멸을 더하고
눈물에 눈물을 더하고
깔깔깔 웃음에 웃음을 더하면
뻔한 정오가 천 개의 빛으로 넘쳤다
했던 말을 반복하고 반복하는 것이
최초의 나를 연장하기 위해서라면
최초의 나를 지지하기 위해서라면
맨 처음 가계도를 그리던 날부터
나는 까마득히 도주하는 삶을
살고 있다는 것을
도주하는 것이 이토록 아름답다는 것을
연장하는 것이 이토록 감동이라는 것을
알기는 알았을 테지만
모르고도 나는 도주를 수단으로 살아왔다
치를 떨 때마다
내게 매달린 잎사귀들이 새파랗게 질리고
치를 떨 때마다 나를 배반했지만
나는 미덕의 반대편을 선호했으니
그것이 내 도주로의 필수코스였으니
최초의 나로 무성하기 위해

나는 최후의 나를 지연시키고 있다

너덜너덜

비둘기는 날아서 너덜너덜
비둘기는 낡아서 너덜너덜
상징은 낡아서 너덜너덜
아침이면 창문마다 쓸모없는 헝겊들이 너덜거린다
비둘기는 한 마리 두 마리 늘어난다
한 마리는 쓸모없고 두 마리는 쓸모없고 세 마리 네 마리
늘어나서 쓸모없어진다
비둘기는 한 조각 두 조각 세 조각 늘어나서 너덜너덜해
진다
비둘기는 상징을 때려고 한 마리 두 마리 세 마리 늘어
난다
비둘기는 한 마리 두 마리 세 마리 낡은 헝겊을 이어붙
인다
날개 하나에 너덜너덜이 한 조각 두 조각 세 조각
상징이 한 조각 두 조각 세 조각 누더기가 되어간다
고양이가 되어버린 한 조각 두 조각 세 조각
물고기가 될 수도 있는 한 조각 두 조각 세 조각
비둘기는 비둘기처럼 늙지 않는다
고양이는 비둘기처럼 늙을 수도 있다
헝겊이 되어버린 비둘기
낡아버린 비둘기
상징을 때려고 한 마리 두 마리 세 마리 이어붙은
고양이는 낡아서 너덜너덜

재스민 향기는 어두운 두 개의 콧구멍을 지나서 탄생했다

피가 번질까봐 테두리를 그렸다
바닥으로 떨어질까봐 바닥으로 내려놓았다
너를 만들고 보니 더 외로워졌다
매달리면 추락을 염려했다
장미는 나와 같이 피지 않았다
맨드라미는 혼자 흘러내리고 있었다
재스민 향기는 어두운 두 개의 콧구멍을 지나서 탄생했다
테두리를 그리자마자 지울 궁리를 했다
입구를 원하는 자가 생기자 출구를 원하는 자가 생겼다
남겨둔 부분에 대한 연구는 성과가 컸지만
남겨진 부분이 계속 나타났다
손가락이 사라지도록 장갑을 꼈다
얼굴이 지워지도록 모자를 썼다
삭제키를 눌러서 모두 지웠다
강물은 어둠 속에서도 바닥이었다
노을은 너무 멀어서 계속 남겨졌다
문을 열었지만 문 안에 있거나 문밖에 있었다
늪에 다다랐지만 전망대에서 조금도 나아가지지 않았다
열정과 늪은 한통속이었다
차들이 지나갔다
햇빛이 지나갔다
히아신스 향기가 매우 빨리 지나갔다
나는 계속 지나가고 있었다

남겨진 부분에 대해서 연구하고 싶었다

식구들이 흩어질까봐 액자에 끼웠다

식구들이 나와 벽 사이에 끼어 있었다

싱크대에 가까워질 때 식탁에서 멀어졌다

꽃들은 피었지만 꽃나무에서 멀어졌다

네게서 멀어질 때 내가 가까워지는 것은 분명히 있다

겁탈을 꿈꾸며 독서를 했다

칼이거나 향료이거나 얼음이거나 반란이거나 아름다움이
거나 독이거나

돋보기의 도수가 올라갔다

노을은 사라졌으므로 탐구가 중단되기 일쑤였다

강물은 다시 푸르렀다

검푸른 얼굴들이 마주보았다

서로 어두워지고 있었다

비를 좋아하면서 우산을 펴는 것은 멜로다

더이상 우산 밖으로 손바닥을 펴지 않기로 했다

흘러내리는 생각을 턱이 뾰족하게 깎아냈다

손바닥으로 턱을 떠받칠 때 손바닥의 생각은 섞이지 않
는다

여름은 빽빽해졌다

여름은 벌레처럼 단어들이 창궐했다

명쾌한 명사는 점점 수식어가 많아졌다

당신의 아름다운 눈을 찾기 위해 수식어를 헤치고 나아

갔다
　당신의 눈은 점점 깊어졌다
　나는 구 번 트랙을 돌며 당신의 아름다운 눈을 노래했다
　당신은 구 번 외의 어느 트랙도 거부했다
　나를 재생하고 재생했지만
　당신은 나를 들을 수 있을 뿐이었다

생강차의 맛

오늘 읽은 책 중에서 가장 톡 쏜다 재미있는 책은 혼자 웃지 못했고 고상한 글은 드레스 자락이 밟혀서 금방 지저분해진다 요즘 뜨고 있는 책은 아직도 뜨고 있어서 썩는 냄새가 난다 속달로 보내온 그의 책은 맛있다고 생각하지만 다음 책을 보기 전에는 알 수가 없다 오늘 읽은 책 중에서 가장 급조한 것이다 벌써 최상급의 대접이 두 번 티백으로 포장되어 있어서 휴게실에 널렸다 이 책과 저 책 사이에 차 마시듯이 읽었는데 금방 잊을 수 있었다 차 한 잔을 마시는 동안 피어오르는 독설과 차 한 잔을 마시는 동안 전달되는 따뜻한 혈통이 전부라면 저자는 대단한 미식가이다 쓸데없이 수식어를 남발하지 않아서 질척대지 않고 자, 여기 쓰레기통을 갖다댄다 손에 도착하기 전에 혀에서 사라진다

내세울 만한 얼굴

내세울 만한 얼굴을 가지고
식이 진행되고 있다
내세울 수 있는 의견도 없이
내세울 만한 얼굴들이
이미 식장의 앞줄을 장식하고 있다
급하게 얼굴만 끌어모아 오느라
나머지는 포장지로 장식했다
급하게 얼굴만 끌려오지 않으려고
내세우고 싶은 얼굴들은 오지 않았다
리본을 달아주는 안내원의 당부대로
내세울 만한 얼굴들은
근사한 포장품처럼 앉아 있다
딱 한 시간만 견딜 수 있도록
뒷목에 링거를 주입하고 있는 얼굴
웃는 얼굴이 미워서 입을 꼭 다문 얼굴
마냥 웃기만 하도록 부탁받은 얼굴은
곧 얼굴이 뭉개질 것 같다
안내원이 안내한 좌석에 앉자마자
내세울 만한 얼굴들은
내세운 얼굴이 된다

기념사진

　열두시에 했습니다 열한시 오십분부터 진행된 일이지만 일 초, 이 초 지나가버린 것처럼 몇 사람이 빠져나갔습니다

　한곳에 모였기 때문에 여러 장소에 있었습니다 열두시는 곧 흩어집니다

　옆 사람을 모르기 때문에 어깨에 손을 얹습니다 열두시부터 다정해졌습니까 다정의 역사가 시작되었습니까 일 초 이 초 지나갔으므로 무르익을 것을,

　지금부터 달라질 것을 약속합니다

　모두 나를 보고 있군요

　나는 거기 없는 것이 확실합니다

　모두 여기를 보고 있군요

나르시스와 나르시스들

나르시스와 나르시스가 마주보고 있다

얼굴과 얼굴 사이에 '과'라는 거울이 있다
살갗과 살갗 사이에 '과'라는 얼음이 있다
숨결과 숨결 사이에 '과'라는 접속사가 있다

뜨겁지도 미끈거리지도 젖지도 않는 사이

포옹으로 연인과 연인이 '과'를 녹이듯이
입맞춤으로 연인과 연인이 '과'를 먹어버리듯이

거울을 깨어라, 나르시스

나르시스와 나르시스들이 마주보고 있다

얼굴과 얼굴들 사이에 '과'라는 거울들이 있다
살갗과 살갗들 사이에 '과'라는 얼음들이 있다
숨결과 숨결들 사이에 '과'라는 접속사들이 있다

깨어야 할 거울이 너무 많으므로
나르시스와 나르시스들은 죽지 않는다

꽃나무

내 몸에서 넘치는 분홍빛 허공과 언약에 대해 말하자면 엄마로 거슬러올라가네 여기 꼼짝 말고 있으렴, 철철이 새 옷을 입혀주마 세상의 엄마들의 말을 굳게 믿고 꼼짝 않고 서서 나는 사십 년을 기다리네 한 발짝 너머에 벼랑, 한 발짝 너머에 나의 뒹구는 머리통, 한 발짝 너머에 나의 무서운 엄마 나는 여기 꼼짝하지 않고 서서 늙네 성형은 폼으로 있는 게 아니란다 엄마는 호랑이에게 팔을 내주고 다리를 내주고 떼굴떼굴 굴러서 피 묻은 수술비를 벌어다주네 사십 년 동안 꼼짝 않고 서서 나는 부식하네 엄마보다 늙은 내가 클클클 장롱에서 꺼내보는 다 삭은 원피스가 한 닢 한 닢 날아가네 훨훨 벼랑을 건너가네 한 번 웃으면 다물 수 없는 입이 찢어져라 가네 찢어져도 아까울 것 없는 한 철이란다 한 발짝도 뗄 줄 모르는 내가 여기 울며 서 있네 나보다 젊은 엄마가 덜덜덜 재봉틀을 돌리네 찢어진 것은 꿰매는 거지 엄마는 전문가답게 재봉틀을 돌리네 가출을 꿈꾸는 젊은 내가 싸놓은 가방을 뺏어들고 엄마는 아무렇게나 쑤셔넣은 옷가지처럼 말하네 나야말로 뒤도 돌아보지 않을게 사십 년 동안 반복된 내 몸에서 넘치는 시퍼런 배반과 주렁주렁 매달린 사생아들에 대해 말하자면

돌아선 얼굴

아홉 명의 얼굴을 돌아선 한 명의 얼굴이
우리 팀의 얼굴입니다

한 명의 얼굴을 돌아선 아홉 명의 얼굴이
내세운 얼굴입니다

아홉 명의 얼굴이 전달하는 메시지를
전달하지 않는 것이 문자입니다

한 명의 얼굴이 전달하지 않는 문자를
전달하는 것이 전략입니다

돌아서는 순간 우리는 벌써 상처를 받습니다

아무것도 전달하지 않는 얼굴은
전달하는 문자입니다

우리는 누구도
돌아선 얼굴을 볼 수 없는 것이
전달하는 얼굴입니다

투명한 이웃

당신의 코앞에서 문을 닫으면
세계는 당신의 코앞에서 닫힌다

당신의 눈앞에서 커튼을 치면
세계는 당신의 눈앞에서 부풀어오른다

당신의 표정 앞에서 눈꺼풀을 내리면
당신의 표정은 되돌아와 당신의 납작해진 뒤통수를 바라
본다

문과 커튼과 표정이 훌륭한 이웃의 역할을 수행하고 있다

초인종 소리에 문이 열리고
내 코앞에 바짝 붙은 코 때문에
우리는 코앞의 미소를 일그러뜨리고

내 귀 옆에 바짝 붙은 귀 때문에
우리의 호의는 유통기한을 연장해간다

내 발바닥 아래에 바짝 들이댄 발바닥
내 손가락 사이사이 미끈거리며 파고드는 손가락

문과 커튼과 표정 너머에서

노을

길을 가다가 너와 내가 부딪칠 때 생긴
타박상 때문에 노을이 진다
우리는 부딪치자마자 반했다

각자의 이마에 황급히 손을 얹고
붉어진 노을을 감추었다

타박상이 이토록 아름답다니!

곧 어두워졌기 때문에
우리의 시력은 무용지물이 되었다

손가락 사이에서 단 2초 만에 노을이
핑크로 옐로로 바이올렛으로 사라졌을 때
과도한 트러블이 우리를 지속시킨다

서로의 얼굴이 지평선이 되었을 때 트러블이 일었다

트러블이 이토록 아름답다니!

손가락 사이에서 두 눈이
핑크로 옐로로 바이올렛으로 지속적으로 사라진다
지속적으로 사라지며 트러블을 만들었다

후각의 세계

　그가 개에게 물렸을 때 정장을 차려입고 여행가방을 들고
있었다 개는 그를 보면 이빨을 으르렁거렸다 정장을 차려
입고 여행가방을 든 그는 개에게 물어야 하는 냄새가 되었
다 내가 출입구 쪽으로 다가가기만 해도 꼬리를 흔들며 달
려나오는 개 슬리퍼를 끌고 늘어진 고무줄바지를 입은 나
는 개가 반기는 냄새가 되었다 운동복을 입은 그에게서 정
장을 차려입은 그의 냄새는 지워지지 않았다 그는 화를 냈
다 원피스를 입은 내게서 늘어진 고무바지를 입은 나의 냄
새를 맡는 개가 나는 싫었다 나는 변하지 않았다 나는 변할
수 없었다 개와 주인이 처음 만났을 때 주인은 스물일곱 살
이었다 주인은 지금 마흔넷의 처녀 주인에게는 늘 스물일곱
살의 냄새가 났다 주인은 개의 눈에서 스물일곱 살의 자기
냄새를 맡았다 그녀는 늘 스물일곱 살이었다

양배추가 나올 때까지

나는 양배추를 까고 있다
감자 먹는 사람들이 생각났기 때문에
나는 감자 먹는 사람들을 까고 있다
너는 스푼을 빨고 있고
나는 스푼을 까고 있다
양배추 수프는 언제 끓이나
나는 지랄 같은을 까고 있다
양배추만한 머리통이 보일락 말락
나는 동화책을 까고 있다
양배추흰나비가 양배추흰나비 귀를 낳고
양배추흰나비 눈이 되고
양배추흰나비 얼굴이 되어서
다시 양배추흰나비가 될 때까지
나는 나비 날개를 까고 있다
날개 속에서 양배추 꽃이 피겠다
나는 포장지를 까고 있다
너는 식기를 핥고 있고
나는 식기의 꽃을 까고 있다
양배추 밭이 사라질 때까지
나는 프로이트를 까고 있다
전화기나 모자 따위는 넣어두지 마
나는 모자를 까고 있다
내 양배추 누가 썼니

3부

메아리

오전 여섯시 오십분에 시작해서
오전 여섯시 오십일분에 마친다
백 년째 반복하고 있다

오전 아홉시 오십분에 핫초코 한 잔
오후 두시 십오분에 핫초코 두 잔
오후 여섯시 삼십분에 핫초코 석 잔
백 년째 나는 나를 재활용하고 있다

백 년에서 백일 년으로 나는 소실되고 있다

나는 나를 흉내내고 있다
나는 내게서 낳은 것이다
최초의 나로부터 점차 희박해지고 있다

생각보다 가벼운 상자

뚜껑을 닫자마자 상자입니다 결코 입을 다물 수 없는 '상자'를 불러봅니다…… 상자아아아, 목젖에서부터 열려 있는 둥근 모음에 침이 고입니다 각이 진 모서리가 사과처럼 사각거립니다 사각거리는 상자가 침을 질질 흘립니다 사각사각 모서리를 갉아먹으며 상자가 젖고 있습니다 옷이 젖을까봐 한껏 상자에서 떨어져 상자를 들고 가는 당신 상자는 난처합니다 상자는 불편합니다 상자는 내성적입니다 당신은 구름을 상상할 수 있습니다 그것은 상자의 능력입니다 상자가 줄줄 비를 내립니다 상자는 상자를 빠져나갑니다 그것은 상자의 기분입니다 당신은 생각보다 가벼운 상자를 툭 던지듯이 놓는군요 '상자'가 새어나옵니다 당신의 목젖에서부터 당신의 치아 사이로 새어나오는 상자는 닫혀 있습니다 뚜껑을 열자마자 상자가 아닌 '상자'는 닫혀 있습니다

등록

    나에게 씨를 뿌려서 씨의 얼굴을 펼친다 너에게 못을 박아서 못의 얼굴을 매단다 우리는 깜빡 식목을 끝낸 사람처럼 최선의 예의로 물을 뿌렸던가 그러고 나면 누가 누구를 간절해한다 누가 누구를 간절히 소모한다 우리는 유월의 야채밭처럼 만사가 병렬적이다 병렬적으로 사랑하고 병렬적으로 이별한다 뭉턱 한 소쿠리의 야채가 솎아지고 단 하루 만에 부쩍 한 움큼의 야채가 불어나는 야채밭의 기교를 기꺼이 받아들인다 누가 누구를 상처냈나 누가 누구를 배반했나 그러거나 말거나 계속 간절함이 작용한다면 아무 일이 있어도 없었던 듯이 흘러간다 사라진 너를 위하여 사라질 너를 준비하는 병렬적인 나 사라진 나를 위하여 사라질 나를 대신하는 병렬적인 나 우리는 고맙게도 유월의 야채밭처럼 절대적이지 않다 다음 뒤에 다음이 온다 씨를 거두어서 씨의 얼굴을 치우거나 못을 뽑아서 못의 얼굴을 거두거나

거기

모두가 술을 마시고 있을 때
정성스레 커피를 만들어 마시는 사람은 마쳤다
그런 사람이 떠난 곳은 아닐 것이다
어두운 창밖의 나뭇잎들이 혼란스레 안면을 뒤바꾸는 것을
물끄러미 바라본다
나는 어둡고 저곳은 더 어둡다
나뭇잎의 익숙한 앞면보다 뒷면이 더 선명해진다
전화에다 대고 거기라고 했으니 사람이 무슨 장소도 아
니고
졸지에 장소가 된 그는 우뚝 멈춘다
나뭇잎의 앞면과 뒷면처럼 여기와 거기는 한 몸이다
그래서 우리는 몹시 멀다
여기에 내가 있을 때 왜 나는 거기에 있고 싶을까
바람이 아무리 세게 불어도
나뭇잎의 앞면과 뒷면은 섞이지 않는다
내가 여기 있을 때 거기를 가질 수 있는 것은 흡족하다
여기와 거기는 섞이지 않는다
열심히 노력하다보면 아득히 시점이 달라져 있다
커피 잔을 씻지도 않고
영정 속에 든 사람이 간 곳은 아닐 것이다
나는 여기 있어서 거기가 그립다

더러워지는 목련들

일주일도 안 된 목련이 걸레처럼 더러워졌다
내 욕실의 변기를 닮아서인지
그 하얀 뚜껑이 열리자마자
나는 그것을 올라탔던 것이다
목구멍까지 차오른 오물을 토해낸 것이다
가장 솜씨 좋은 정화조는 보이지 않아도
나는 정화된 듯 눈물을 질금거릴 수 있었다
티브이는 고장 난 변기처럼 이미 오물이 넘치고
나는 제 뒤를 청결하게 씻지 못하는 항문기에 머문 채
배설의 재미에 깊이 매료되었다
희고 청결한 한 그루 변기나무를 끌어안고
고맙다, 고맙다 나의 독을 옮긴 것이다
누군가를 만날 때는 먼저
그의 변기를 고찰해야 한다고
꿀꺽 머리털까지 집어삼킬지도 모른다고
딸에게 선행학습을 시키는 이웃집 여자가
가장 먼저 나를 의심스러워한다
내 변기는 너무 빨리 더러워진 것이다
웩웩, 감사와 찬사의 오물을 받아내느라
너무 빨리 고장 나버린 것이다

손바닥

　신상품으로 손바닥처럼 물렁물렁한 휴대폰이나 조건 없이 접히는 그대가 인기죠 손바닥에 찰싹 들러붙을 수 있는 뺨도 상관없어요 마시멜로를 이개듯이 오그린 손바닥의 형태를 잡아서 내게 뻗어오는 길들을 들여다봅니다 모르는 일이죠, 나무가 할 수 있는 일을 나는 알지 못하죠 다시 뭉쳐서 책상 위에 던져둔 손바닥이었던 것이 머리를 쥐어뜯거나 책을 집을 때 두 팔 끝에 불쑥 나뭇잎처럼 돋는군요 바닥의 자세를 익힌 최소한으로 오그린 손바닥이 쫙 폈을 때 가장 바닥다운 손바닥이 누구를 한 대 칠까 누구를 쓰다듬어줄까 도약중이네요

축!

카페인 없는 커피를 마셨습니다
알코올 없는 맥주를 마셨습니다
전쟁 없는 전쟁을 치르고 있습니다
경험 없는 경험을 하고 있습니다
섹스 없는 섹스를 했습니다
너 없는 너를 안았습니다
나 없는 나를 맛보시겠습니까
저 잠깐 집에 다녀와도 될까요
나 없는 나를 빌려 갈게요
요 앞 사거리에 비싼 값에 경험할
수 있는 학원이 새로 생겼답니다
비만이 걱정인가요
지방 없는 지방을 드세요
첫 경험은 너무 아마추어적이잖아요
진지함은 너무 우스워요
내가 뚱뚱하다구요
지방 없는 지방일 뿐인걸요
보세요, 당신도 둥둥 떠오르잖아요
훨씬 가벼워졌군요
경험 없는 경험을 즐기셨군요
밍크 없는 밍크 같은 것이죠
죽은 꽃다발에 매단 축! 에 흥분하지 말아요
표정 없는 표정을 지을 때입니다

천수천안관음보살

　한 손에 한 개씩 보물을 들고 눈을 뜨고 있다 한 손에 한 개씩 애인을 쥐고 눈을 감지 못한다 하룻밤도 불면 아닌 밤이 없다 천 번을 휘저어야 밤이 물러간다면 천 번을 휘저어야 고백이 성사된다면 따귀 한 대 맞은 것은 천 날 중 어느 하루 천 분의 일의 실수로 넘기죠 천 개의 손으로 껴안기도 전에 애인은 떠나갈 테죠 천 개의 보물은 맛보기도 전에 부패할 테죠 엉덩이 한 번 툭 친 것은 애처롭기까지 하죠 내가 따지기도 전에 다른 손이 싹싹 빌러 오는군요 아아, 너무 헷갈려 하지 마요 천 개의 보편성은 무궁무진하니까요 천한 개보다도 많은 천 개의 공허 천 개의 포만 천 개의 사랑 천 개의 이별 천한 개보다도 많은 천 개의 욕망 천 개의 허망 그러니까 나는 겨우 천한 개의 죄 천한 개의 눈물

성급한 일반화

이 사람은 좋은 사람입니다
저 사람도 좋은 사람입니다
저 사람은 희미하지만
진짜 좋은 사람입니까
정말 눈이 두 개, 코가 하나, 입이 하나입니까
이 사람은 누구에게
좋은 사람입니까

이 사람은 만족할 만한 사람입니까
저 사람과 이 사람 사이는
벌써 이틀의 격차가 생겼습니다
누가 더 만족할 만한 상태를 제공합니까

저 사람 자리에
이 사람이 가 있습니까
그 사람이 이 사람이었던가요
눈과 코와 입이 뭉개진 곳이
좋은 사람의 자리입니까

당신이라는 숟가락에

당신이라는 숟가락에
밥을 퍼먹는다
당신이라는 숟가락에
국물을 떠먹는다 그때마다
당신을 쪽쪽 핥아먹는 나
당신을 도로 뱉어내는 나
당신을 삼키지 않으려고
당신이라는 숟가락에
당신을 짜서 삼킨다
당신이라는 숟가락에
당신을 발라 씹는다
당신을 삼키고 싶은 욕망과
당신을 사용하고 싶은 욕망은
꼭 비례하는 듯한데
모르지 당신?
내 심장 근처에도 못 가봤으니
내 목구멍도 넘어가지 못했으니
입에 넣다가 도로 뱉어야 당신
쪽쪽 핥아먹다가 도로 버려야 당신

식판제도

식판을 들고 줄의 끄트머리에 서서
다섯 개의 구멍놀이를 할 수 있다
나, 너, 애인1, 애인2, 애인3
졸면서 익힌 수학실력으로
너, 나, 애인1, 애인2, 애인3
순서를 바꾸며 할 수 있다
소문이 흘러넘치지 않도록 할 수 있다
식판에 머리를 처박고
옆과 옆과 옆에 대해서 생각할 수 있다
옆이 옆을 눈치채지 않도록 할 수 있다
자꾸 헷갈리는 경우의 수를 나열해놓고
공개적으로 벌어진 구멍놀이를 할 수 있다
옆과 옆이 같아도 상관하지 않는다
나의 사라진 표정이 너에게
너의 사라진 표정이 그에게
그의 사라진 표정이 우리에게 나타나 있다
책상에 앉아 문제를 풀 듯
학구적인 태도면 충분하다
누가 시키지 않아도 할 수 있다
구멍을 메우거나 메우지 않거나
다섯 개의 구멍의 범위 내에서
식판을 받자마자 할 수 있다

조말선

　이름의 억압으로 시인이 되었군요, 그는 내 이름을 듣자마자 정신분석가처럼 말하지만 전체주의적이다 초면치고는 점쟁이처럼 말하지만 보편적 오류에 빠져 있다 신비 따위로 수작 부릴 것도 없겠고 안줏거리로 더 씹을 것도 없으니 나는 곧 조말선과 계속 놀 수 있다 가면으로 가명을 쓸 수도 있었지만 너무 빤했으니까 조말선은 항상 오른쪽으로 약간 비켜서서 부제처럼 나를 따라다닌다 나는 혼자 조말선에 손가락으로 구멍을 파고 놀고 있다 나를 후벼 파는 일이란 내 얼굴에 부스러기가 떨어지는 일 나를 후벼 파는 일이란 떨어진 부스러기에 내 눈이 성가신 일 나를 후벼 파다보면 내가 내 무덤을 파고 있다는 것을 무서워하는 게 재미있어진다 이 정도면 수저통으로 쓸 만하군, 그는 나를 밥상 위에 올려놓고 숟가락을 꽂았다 나는 숟가락을 집어 던졌고 그 정도면 예뻐졌는걸, 그는 나를 탁자 위에 올려놓고 노란 프리지어를 꽂았다 푸른 프리지어라면 생각해보겠지만 왜 뭘 못 채워서 난리실까 취미를 빼앗길까봐 나는 그의 실용적인 취향을 비웃는다 나를 내버려둔다면 나는 아무것도 아닐 수 있다는데도요 구멍 난 조말선은 재떨이로는 제격이군, 그는 혀를 차며 조말선에 난 구멍에 이것저것 갖다댄다 나는 필사적으로 텅 비우기에 매진한다 아무것도 아니기 위해 나는 파낸 부스러기에 눈이 먼다 아무것도 아닌 것을 감추기 위해 나는 구멍의 입구를 좁히고 좁힌다

녹슨 숲

아직 13월입니다
아무도 떠나지 않았고
아무도 돌아오지 않았습니다

의자는 혼자 앉아 있고
이부자리는 여전히 누워 있습니다
집이 빽빽합니다

나는 계속됩니다
우리는 계속됩니다
머리카락처럼 계속됩니다

녹슨 해가 쇠냄새를 풍기며
겨우 빈틈을 파고듭니다

해가 바뀌어서
질 나쁜 오렌지 맛이 납니다

덧문은 계속 덜컹거립니다
다 삭은 환삼덩쿨은 계속 휘감고 있습니다

고정석의 폐해가
녹슨 쇠냄새를 풍깁니다

기억

이 잉여물을 처리하기 위해
내가 애용하는 변기

몰래, 지저분한, 더러운, 당혹스러운, 코를 찌르는
따위를
처리하는 변기

이 잉여물의 잉여물이 알을 스는 밤
내 몸의 구멍이란 구멍마다
벌레가 우글거리고
구멍이란 구멍이
사각사각
넓혀질 때

손잡이를 힘껏 누르면
몰래, 지저분한, 더러운, 당혹스러운, 코를 찌르는
따위들이 탄성을 지르며 사라지고

수면 위 난처하게 떠 있는
나,
이 잉여물의 총체성

코의 위치

처음 만났을 때 손보다 코가 가까이 있었지만 손을 내밀었다

처음 비가 내릴 때 머리보다 늦게 비를 맞지만 콧물이 먼저 떨어진다

8등 서기관 코발료프의 코가 호두처럼 빵 속에서 발견된 것은 미래지향적이다 코는 맑고 노란 사과잼을 지금까지 생산하고 있다

내 얼굴과 네 얼굴이 만났을 때 코가 먼저 충돌하지만 진리는 미끄러지기도 하는 것 우리는 코 때문에 살짝 정면충돌을 피했다

코끼리의 코는 성질보다 위치로 고향에 먼저 닿는다

스테인리스 연통을 달아낸 건물들은 코끼리처럼 우두커니 코를 쳐들고 녹슬지 않는 빗방울을 연주할 수 있다

코는 성질보다 위치로 냄새 맡는다

내 생각의 내장은

내 생각의 내장은 해변처럼 꾸물거리지
한마디로 잘라 말하면 버리기가 아깝지
예스라고 말하면 노가 끌어당겨
진실로 말하면 거짓이 끌어당겨
솔직히 말하면 항문으로도 할 수 있네
내 생각의 내장은 꼬여 있지
내 생각의 결론은 입에서 항문으로 오락가락하지
그래서 내 생각은 꿈틀거리지
있다고 말하면 없다가 뒤따라오지
좋아라고 말하면 싫어가 뒤따라오지
내 생각은 비워지지 않지
쏟아지지 않지
꼬리에 머리를 물고 오지
가설 뒤의 가설처럼 밀려오지
내 생각은 항상 거울을 마련하지
내 생각은 네 생각을 마주하지
네 생각과 내 생각 사이가 너무 멀어서
나는 중간에 딴생각을 하지
나는 지긋지긋하게 생각하지
생각 속에 물고기가 알을 낳도록 생각하지
끝이라고 생각하면 시작되지

킁킁킁(컹컹컹)

꽃을 향해 킁킁(컹컹)거리는 당신의 문제는
코와 입의 거리만큼 미미하지만

킁킁거리기도 하고 컹컹거리기도 하는
당신에게 어울리는 묘사는
코와 입의 역할만큼 멀어질 수 있다

우리 컹컹(킁킁)거리며 삽시다
라고 말하는 당신 덕분에
나는 꽃나무처럼 생각이 많아지는 중이다

꽃 한 송이에 대한 조심성 또는 공격성
꽃 한 송이에 대한 거리감 또는 타자성
코가 먼저 다가간 꽃 한 송이 또는 입이 먼저 반응한 꽃
한 송이

킁킁(컹컹)거린다는 말에
나는 쪼그려앉았다가 멀어진다
킁킁(컹컹)거린다는 말에
나는 다정스럽다가 비정해진다

킁킁(컹컹)거린다는 말을
나는 컹컹(킁킁)거리고 있다

누군가

새로 구입한 CD로 누군가 듣던 노래를 듣는다 내가 들었던 적이 있다면 우리가로 수정되어야 하리 식상해 식상해 식상해 가수는 반복의 운명을 아름답게 노래하네

네가 밤새워 그렸다는 내 얼굴 위에는 오오 그래 새빨갛게 충혈된 너의 눈알들이 가득해 잘 그렸더군

스크루로 우아하게 코르크마개를 뽑아냈지만 수많은 비유에 압도된 와인이 떫은 표정으로 나를 먼저 맛보네

나는 이제 누군가의 연애 방식을 기피한다 해도 누군가의 격렬과 지리멸렬을 참고한 혐의는 벗을 수 없을걸

나는 이제 살고 싶거나 죽고 싶거나 간에 내가 누군가에 가한 또는 아무도에 의한 피해의식이 원인이라는 것을 부인할 수 없다는 말이네

이럴 때 나는 누군가 지나간 길을 또 걷고 있는데 아무도 지나가지 않은 길은 없으므로 너무 일찍 서두르지 않은 것은 잘한 거다

나는 이제 아무도 건들지 않은 꽃을 꺾고자 어릴 적 밭일을 거들던 솜씨로 정원을 손수 가꾸었다면 누군가 발끝으로 밀어올린 안간힘을 무시하고 안 하고의 문제부터 다시 시작해야 하네

4부

나도아름다운접두어

너도바람꽃이니?
나도바람꽃이다
너도날때마다그림자를던지는새니?
나도그림자를던지면새다
너도귀를활짝연복도니?
나도귀가소란스런복도다
너도구두에푹빠진삶이니?
나도구두에서빠져나오려는삶이다
너도얕은물에빠져서익사하지도못하는연꽃이니?
나도접시물에빠져서무릎이꺾인연꽃이다
너도너를지우기바쁜흰눈이니?
나도나를두둔하기바쁜폭설이다
너도이웃이소리니?
나도소리가이웃이다
너도맹렬히솟구치다가스스로비명의위치를결정하는꽃이니?
나도가지마다벼랑꽃이다
너도뻐꾸기둥지에알을낳은접두어니?
나도뻐꾸기둥지에막도착한접두어다

유사성

내 웃음은 내 웃음의 형제를 피한다 내 한숨은 내 한숨의 형제를 피한다 내 기침 소리는 내 기침 소리의 형제를 피한다 우리는 다행히 한 번도 부딪친 적이 없었지 내 목소리의 형제를 듣는 순간 소름이 돋는다 소름을 보이지 않으려고 내 버릇은 내 버릇의 형제를 피한다 내 옆모습은 내 옆모습의 형제를 피한다 손을 뻗으면 닿는 거리에 나를 피해가는 내 형제를 느낀다 단 하나의 습관으로 형제를 느끼는 유사성은 동일성보다 혈연적이다 형제들과 마주보고 앉은 날왜 나는 그 거북한 거울을 치우고 싶을까 거울 속으로 들어갈 수 없는 것처럼 길에서 만난 형제와 스쳐지나가지 못하고 서로를 들여다본다 함께 찻집으로 들어가지 못하고 거울 앞에서 당황해한다 난처한 그 거울을 내가 먼저 치울 것인가 그가 먼저 치울 것인가 항상 고민하지만 용서할 필요없어, 우리는 동시에 거울을 치워버린다 손을 뻗으면 닿는 거리에 평행선을 긋고 있는 내 삶의 형제를 내 삶은 피한다

내향적인 변기

암전한 입속의 혀 때문에 우리는 사귀었다
혀는 돌돌 악취를 말아쥐고 있었다
그리고 전혀 암전하지 않게 되었다
연인이 되자마자 변기로 돌변했다
출산도 갈등도 없었으므로
생산적이지도 못했다
반성하지 않고
의심하지 않고
제 입가를 닦아야 했으므로
악취는 깊이 증식했다
연인이 된 후
우리는 서로의 변기로 변모했다
내 위와 아래와 가운데를
논평 없이 빨아들였으므로
그의 시각은 낙후되어갔다
그의 거짓말과 변명과 심드렁함을
논평 없이 빨아들였으므로
나의 시각은 낙후되어갔다
그쯤에서 우리는 개발을 멈추었다
서로를 위해서 사라지게 했으며
서로를 위해서 사라질 수 없었다
난감해하던 손마저
변기의 손잡이가 되었기 때문에

보다 쉽게 서로의 그림자까지 빨아들였다

벽이라는 기의에 대한 벽이라는 기표

벽에 부딪친다
높고 단단하다
욕설로 못 박아도 무너지지 않는다
기댄다
그것은 예정대로 나를 등진다
어떡하든 요리해야 한다
벽 요리는 전문가가 없다
부딪치자마자 실습이다
부딪친 사람이 요리해야 한다
벽은 요릿감으로 부적합하다
게다가 내가 가진 조리기구들은
식사용이다
벽이 비유라는 건 모두가 아는 사실이다
벽에 기댄다
벽난로, 벽시계, 벽장, 벽지, 벽걸이 TV
벽에 액자부터 거는 것은 부실하다
벽난로는 고전적이다
벽시계는 무한하다
벽장은 더욱 깊이를 가질 테지
벽지로 골라 벽을 지운다
벽이 사라진다
나는 처음으로 벽을 더듬는다
어둠 속에서도 벽은 더듬기 좋다

벽이 사라지고 벽을 안는다
벽 속에 말랑말랑한 구름들이 떠다닌다
스위치를 누른다

나의 잠

　침대에 누우면 한 그루 나무의 형태로 돌아간다 나는 나무처럼 잠을 구부린다 잠은 나무처럼 멈춘다 걸음을 멈추고 잠을 키운다 말을 멈추고 잠을 키운다 웃음을 멈추고 잠을 키운다 한 그루 잠이 내게서 깊이 뻗어나간다 눈꺼풀 아래 숨겨둔 눈알을 베껴먹고 잠이 자란다 닫힌 입속에서 입냄새나는 침묵을 먹고 잠이 자란다 잠은 백 년 동안 무럭무럭 자란다 잠은 백 년 동안 한 침대를 사랑하고 있다 앙상한 손가락에 손가락이 엉기며 겹겹의 통로를 반복하며 어두운 침대는 숲속처럼 숨을 내쉰다 잠은 네발을 가진 식물처럼 나를 현상한다 잠은 백 년 동안 나를 쫓아온다 나의 침묵과 나의 잠꼬대와 나의 몽유를 쫓아온다 이제는 늙은 잠이 기력도 없는 잠이 나를 소파에 기대놓고 자란다 펼쳐진 책의 글자 속에서도 기어나와 자란다 나에게 보이지 않는 잠이 한자리에서 떠날 수 없는 잠이 떠날 때마다 나를 낙엽처럼 버린다

오보에 속으로 들어가기

오보에 속에 찌르레기가 가득 차 있다
소녀의 손가락이 부지런하다
소녀는 크고 오보에는 좁다
입술을 얇게 말아서
숨을 들이마신 후
오보에 속으로 들어간다
새들이 놀라움으로 파닥거린다
소녀의 비단 드레스가 파닥거린다
새를 쫓느라 손가락은 부지런하다
소녀는 비행기처럼 양 볼을 부풀린다
새들은 이리 몰리고 저리 피한다
오보에 속으로 들어가기는 어려운 연주다
새들의 날개를 도로 접어넣고
소녀는 실패한다

찢어지는 고통

찢어지는 고통은 고통인가 쾌락인가 환희인가
찢어지는 고통의 기억은 능지처참의 기억인가
책이 찢긴 기억인가
셔츠가 찢긴 기억인가
그것은 경쾌한 소리의 기억인가
그것은 이 악다문 통증의 기억인가
이 대담한 수식어는 나에게 경험적인가
이 끔찍한 수식어는 나에게 선험적인가
이렇게 무모하게 사용할 만큼
나는 끔찍한 지경에 이르렀던가
찢어지는 고통은 왜 현재형인가
찢어지는 고통은 왜 과거완료형이 아닌가
찢어진 사람, 찢어진 책, 찢어진 셔츠는
말할 수 없는 입
가슴이 찢어진 사람은 말하지 않는 입
찢어지는 고통은 왜 현재형인가
찢어진 고통은 말할 수 없는 고통
찢어지는 고통은 내가 함부로 쓰는 내 것이 아닌 고통

목도리

　아파트 외벽에 전선이 길게 늘어져 있다 미완성처럼 줄곧 흔들거리고 있다 옥상에서 내려와 삼층 창문으로 사라지고 있다 누가 저렇게 오래 추운 것일까 아파트는 한여름에도 목도리를 풀지 않는다 늘어진 가느다란 줄 하나로 삼층과 옥상은 코드를 맞추고 있다 누가 저렇게 오래도록 이야기를 주고받는 것일까 네가 너무 오래 검은색 목도리에 집착할 때처럼 나는 가위를 들고 저 오래된 통로를 자르고 싶지만 끝이 보이지 않는 전선으로 무엇이 자꾸 흐르고 있는 것 같다 나는 허전한 내 목을 만지다가 만다 누가 저렇게 오래 똑같은 말을 반복하는 것일까 옥상 또는 삼층에 머리를 처박은 뱀 한 마리가 필사적으로 꿈틀거리고 있다
　차가움이 너무 길다

기계적 바다

반복적인 웃음이 울음이 될 때까지 번복한다 반복적인 찬
사가 악담이 될 때까지 번복한다 바다는 기계적인 면모를
보인다

사면이 바다로 둘러싸인 나라의 지도는 움직이고 있다 지
웠다가 다시 그리는 기계적인 번복의 오차 때문에 갈등의
연속이다 사면이 갈 때까지 간 우리는 숨쉬기에 몰두한다

아침의 들숨과 아침 후의 들숨이 다르다 늦은 저녁의 날
숨과 더 늦은 저녁의 날숨이 다르다 기계적인 번복의 오차
때문에 전원을 끄지 않는다

숨쉬기는 파도를 닮아간다 파도는 바람을 포함하고 있다
번복이 반복될수록 기상보도가 달라지고 있다

저녁에서 저녁까지 바다는 기계적이다 이분법적 양식을
밀어내며 망설이고 있다

물심양면

내가 네 앞에 반하는 동시에
뒤까지 반하는 건 일루전이다
지금 나는 오해하기 위하여 글을 쓰고 있다
착각하기 위하여 읽어주면 좋겠다
이해받기 위하여 동분서주하고 돌아와보면
물심양면이 늘 궁색했다
심지어 양손을 비비기까지 했으니
네 태도는 또 어떻고
낮이 밤을 모른 채
밤을 불러들이고
봄이 겨울을 모르는 채
겨울을 따라갔다
너는 앞과 뒤가 동일한 괴물은 아니지?
물론 나도
네 앞을 보고 있으면
모르는 네 뒤가 따라온다
즐겁다 때로는 괴롭다
그런 후에도 네 뒤에 반하거나 반하지 않을 것이다
나는 앞으로 착각으로 오해로
글을 쓸 수 있을 것이다

목걸이

하나뿐인 목걸이를 걸고
당신과 만날 때마다
나는 여러 개의 얼굴을 들고 다닌다
당신은 항상 내 목걸이의 변화에 감탄하지
목걸이를 바꾸는 것보다 쉬운 얼굴 바꾸기
단역배우의 무거운 짐처럼
나의 커다란 가방 속에서
얼굴들이 변하고 있다
시간차도 없이 변하는
당신의 다양한 목걸이들 때문에
나는 바삐 얼굴을 갈아 끼운다, 알기나 해
웃다가 찡그리다가 쓸쓸한 당신의 목걸이에
내가 얼마나 난처한지 당신은 모를 테지
난처한 내 목걸이가 보여
사실은 오늘 당신 목걸이가 너무 우울해 보여
나는 위로하는 얼굴을 지참하지 않은 것 같아
난처한 내 목걸이가 보여?
하나뿐인 목걸이를 눈치채지 않도록
나는 당신의 목걸이에 최대한 내 얼굴로 돌려 막는다
당신의 목걸이가 내 얼굴에서 떨어지지 않게
당신을 위한 내 얼굴들
벽면 가득 걸려 있는 못걸이들

연대기

그가 내 우산을 잃어버릴 때
나도 함께 잃어버렸다
그때부터 우리는 한 우산을 쓴다
그는 모르는 척
네 우산을 사줘야 해, 라고 말하지만
나는 비를 맞으며 떠나고 있다
우산 얘기는 그만해, 라고 말하며
우리는 한 우산을 쓰고 있다
비에 젖은 손등처럼 우산이 불어난다
비 온 다음날 꽃잎처럼 우산이 불어난다
그와 나 사이에 우산만이 남았다
우산을 잃어버렸으므로 우산만이 남았다
우산을 너무 썼으므로
잃어버린 우산은 낡아간다
우산을 중심으로 우리는 멀어져간다
우리는 우산 때문에 이별하였으므로
한 우산을 쓰고 있다

배고픈 기표들

접시와 접시들이 마주보고 있다
한 쪽은 가득한 접시
한 쪽은 텅 빈 접시
접시들은 서로 사귀지 않는다
가득한 접시와 텅 빈 접시 사이에
비닐 랩이 너무 감쪽같으므로
회의는 계속된다
접시와 접시들은 서로 끌어당긴다
사이에 비닐 랩이 너무 끈끈하므로
회의는 계속되어야 하므로
접시와 접시들은 달그락대기 시작한다
사람들은 접시와 접시들 편으로 갈리었다
회의는 계속되므로
결국 한통속이란 말이다
언제 비닐 랩을 벗길 것인가
졸고 있던 사람들이 깨어나
다시 졸기 시작한다
그것은 정말 접시의 문제일 뿐인데
그것은 정말 안과 밖도 아닌데
누가 비닐 랩을 읽었나

벌레

벌레가 기어나온다
싱크대 아래서
벌레가 기어나온다
결코 기어들어가지 않으려고
벌레는 떠나고 있다
결코 돌아가지 않으려고
벌레가 기어나온 곳은
벌레도 돌아가고 싶지 않은 곳
기어서라도 도망치고 싶은 곳
벌레는 성실하게 태어난 곳을 등지고 있다
벌레가 기어나오자마자
어디서 나의 한 쪽이 썩는다
어디서 나의 한 쪽이 움푹 부패한다
심하게 냄새까지 난다
벌레가 자꾸 기어나온다
기어나온 벌레가
나를 기어들게 한다

친화력

의사가 식물이 된 그를 그녀에게 내민 순간
그녀의 손가락에서 넝쿨이 뻗어나왔다
이제는 새벽까지 술 마시러 다니지 않습니다
이제는 사람 속 뒤집는 욕설을 하지 않습니다
물론 돈을 벌어오지도 않습니다
의사는 식물담당은 아니라는 듯 사라져버렸다
그는 어린 묘목처럼 말랐다
여보, 하고 부르지도 않았고
물 줘, 하고 명령하지도 않았고
자기야, 하고 사랑하지도 않았다
그녀는 넘어지지 않으려고 어쩔 그를 붙들었는데
그의 몸이 그녀를 휙 감았다
그의 몸이 그녀를 끌어올렸다
그녀의 넝쿨이 간신히 그를 붙들었다
입을 잃은 말이 몸을 찢고 나왔다
날이 갈수록 그가 그를 감아올라가는지
그녀가 그를 감아올라가는지 알 수 없었다
그녀는 그로 인해 꼼짝할 수 없었고
그는 그녀로 인해 꼼짝할 수 없었다
그녀의 얼굴은 그 쪽으로 구부러지고
그녀의 손가락은 그 쪽으로 자라나고
그녀의 머리카락은 그가 휘어감아 자를 수도 없었다
그는 그녀를 벗어날 수 없었다

그녀는 그를 돌보기 위해 그를 친친 감아올랐다
그녀는 그를 벗어나기 위해 그를 친친 감아올랐다

유리창

내가 움직일 때마다 창틀이 움직인다 왼쪽 구석에 숨은 풍경이 드러나면 드러날수록 나는 오른편으로 치우친다 눈동자가 왼쪽 눈꼬리 틈에 낀다 지저분한 주택의 옥상에서 젖은 빨래를 터는 여자는 늘 저런 식이다 탁탁탁 손목에 힘을 주고 세 번 턴 뒤 후줄근한 그것들을 태양의 재단에 좌악 펴 바친다 눈동자를 오른쪽으로 굴리는 동안 주차장의 자동차들은 상상력이 고갈된 표정으로 엎드려 있다 제복을 입은 남자가 빗자루로 풍경을 쓸고 있다 사각의 풍경 한쪽이 무력하게 지워지고 나타난다 또 지워지고 나타난다 내 시선이 싹싹 소리를 내며 빗금을 긋는다 갑자기 가벼운 것들이 중력을 벗어나 위로 솟구쳐오르고 있다 바싹 마른 나뭇잎, 스티로폼 조각, 비닐봉지들이 내 눈을 빙글빙글 돌리다가 사라진다 빨간 점프를 여민 여자가 내 시선을 넘겨받아 종종거리며 끌고 가다가 놓쳐버린다 앞 건물에 매달린 전선이 벽을 기다랗게 후려친다 누가 매달리거나 목을 감아도 내동댕이친 후 저렇게 벽이나 후려칠 테지 풍경이 깨지기 전에 왼쪽으로 유리창을 민다 경치가 드러난다

사용한 사람

사용한 초를 버리듯이
사용하던 손을 버리고 잠드네

자고 나면 뉴스가 탄생하듯이
자고 나면 나는 탄생한다고
엄마가 되었으므로 내게 충고하네

집 앞마다 쓰레기통이 넘치네
사용한 사람이 넘치네

전문가가 되었으므로 내게 충고하네
사용한 고통은 사용한 쾌락과 한통속이네

한번 꽂은 꽃을 뽑듯이
사용하던 눈을 뽑고 잠드네

자고 나면 잘못 끼운 눈
자고 나면 잘못 끼운 팔

나는 매일 생일이네

숲

    자꾸만 땀이 나지만 흔적이 없다 막걸리 집 평상에 앉아서 우리는 농부처럼 낮술을 마시며 말을 쏟아낸다 한 명, 두명, 세 명, 네 명 말이 말을 따르고 말이 말을 자르고 말이 말을 뭉개고 하하 웃음꽃도 군데군데 심어놓는다 밀집한 나무처럼 외상도 없이 말이 말에게 넘어지고 말이 말을 휘감는다 건배! 잔을 부딪처자 제멋대로 자라나던 말들이 한쪽으로 급격하게 휩쓸리기도 한다 거봐, 우리는 통하는 데가있어 평상 위에는 취한 말들이 수북하게 쌓이고 늦여름 산자락의 콩밭이 수북해지듯이 그 옆의 야콘밭이 수북하게 될거야 한 명, 두 명, 세 명, 네 명 저만 외롭다고 칭얼댄 지가 벌써 네 시간째야 더듬이를 세운 칡넝쿨이 평상으로 기어와서 여태 들어주다니 누가 이 응큼한 귀를 주문한 거야 숲으로 간 사람이 숲이 되듯이 푸른 숲으로 간 빨간 조끼와 검정 배낭이 푸른 숲이 되듯이 거봐, 지겹도록 들어주기도 하는 거야 쏟아놓은 외로움이 쌓여 우리는 거북하게 두터워진다 그러자 외로움이 외투가 되어선 안 된다고 애터지게 또 벗고 있다

눈이 녹으면

눈이 녹으면 찾아 헤매던 내 왼팔
눈이 녹으면 헝클어진 내 머리카락
보일 테니 기다려요

눈이 녹으면 미궁으로 빠진 사건
눈이 녹으면 나에게로 가는 길
보일 테니 기다려요

이쯤이 너의 목단무늬 치마였니?

눈이 녹기 전에 발자국을 남겨요
눈이 녹기 전에 혼선을 누려요

눈이 녹으면 내 치마는 흙탕무늬
보일 테니 기다려요
눈이 녹으면 내 왼팔은 네 왼팔
보일 테니 기다려요.

말할 수 없는 입
구모룡(문학평론가)

조말선의 시를 읽으면 물결치는 바닷가에 서 있는 느낌을 받는다. 한 행을 읽고 그 의미를 따지려들면 곧바로 다음 행이 앞선 의미를 지워버리고 새로운 의미를 들이민다. "반복적인 웃음이 울음이 될 때까지 번복한다 반복적인 찬사가 악담이 될 때까지 번복한다 바다는 기계적인 면모를 보인다"(「기계적 바다」)라는 구절처럼, 끊임없이 그 자취를 없애는 물결들. 의미를 따라가며 뜻을 새기려드는 독서의 관습은 그녀의 시를 난해하게 만든다. "내가 네 앞에 반하는 동시에/ 뒤까지 반하는 건 일루전이다/ 지금 나는 오해하기 위하여 글을 쓰고 있다/ 착각하기 위하여 읽어주면 좋겠다."(「물심양면」) 마치 해석자를 향하여 던지는 말처럼 느껴진다. 실제로 그녀의 시는 거듭되는 거부반응과 혼란을 수습하였다고 생각하고 나서도 의미의 잔여를 남기지 않는다. 그러니 나 또한 그녀에 대한 "일루전"에 그칠 수밖에 없다. "착각으로 오해로/ 글을 쓸 수 있을" 따름이다. 무엇이 문제일까? 그녀의 시는 말 그대로 난해시인가? 아니면 그녀의 시를 읽는 방법이 틀렸는가? 우선 시집의 첫 시를 읽어 보자.

벼랑처럼 여름이다 식물들은 쑥쑥 위로만 기어오른다
나는 날카로운 칼을 가진다 새삼 해변이 가까이 있었다
해변에는 한 번도 가지 않았다 화면에 비친 그곳은 낯설다 늘 모르는 사람들로 북적인다 칼날에서 번뜩이는 햇빛

이 칼보다 날카로운 게 불만이다 내가 식물성향보다 동물
성향이 강한 게 불만이다 덩굴들은 여름에 가장 멀리까지
올라가 있다 나는 늘 땀으로 번들거리며 벼랑을 기어오르
고 있었다 희미한 한 사람이 밧줄 끝에 호의적으로 서 있
었다 얼굴은 알아볼 수 없었다 나는 추락할 수 있는 경우
의 수를 하나 더 확보했다

　—「확보」 전문

이 시의 의도가 무엇일까? 내부를 표현하려 했는가, 아니
면 외부를 재현하고 있는가? "벼랑처럼 여름"이라는 돌연
한 직유로 시작한 이 시는 "여름"을 말하려는 듯하다. 식물
들의 무성한 번식이며 "번뜩이는 햇살"과 해변에 북적이는
"사람들"이 여름의 정황에 어울린다. 그런데 시 속의 "나"
는 "해변"으로 가지 않는다. 단지 "화면에 비친 그곳"을 낯
설게 바라볼 뿐이다. 오히려 "날카로운 칼"을 가진 "나"에
게 "여름"은 부조리하기만 하다. "햇빛"이 자신이 지닌 "칼"
보다 날카롭고 "늘 땀으로 번들거리며 벼랑을 기어오르고"
있는 "나"와 달리 "덩굴들은 여름에 가장 멀리까지 올라가"
있기 때문이다. 이러한 "나"에게 "호의적"인 타자가 없는
것이 아니다. 그러나 "나"는 그의 "얼굴"을 알아볼 수 없으
므로 "추락할" "경우의 수를 하나 더 확보"하게 된다. 이 시
에서 가장 중요한 의미는 "나"의 위치다. "나"는 낯선 사람
들과 차단되고 타자와 공감할 수 없다. 그렇다고 식물과 같

은 자발성을 지닌 것도 아니다. 이러한 "나"를 보증하는 것은 "칼"이다. 이것이 단절을 통하여 자기를 "확보"할 수 있게 한다. 여기까지가 문맥을 따라 내가 읽은 내용인데 외부의 재현도 아니고 내부의 표현도 아니다. 이보다 하나의 사유다. 조말선은 "나"를 사유하는 시를 쓰고 있다.

그렇다면 "나"를 사유한다는 것이 무엇일까? 끊임없이 환영에 사로잡히는 나르시시즘이나 자의식의 반복은 아닐 것이다. "솔직하게 드러난 바닥의 표정을 볼 수 없는 것이 내 얼굴"(「얼굴」)이듯이 "나"에 대한 사유는 부재와 심연에 가닿으려는 모험이다. 이러한 사유의 모험이 조말선의 특이성을 만들고 있다. 그런데 "나"에 대한 사유는 「확보」가 말하듯이 관계를 포함한다. 가령 「입장들」은 "나"와 "당신" 사이의 입장, 오해, 고정관념에 대하여 진술하고 있다. 사유에 끼어드는 안과 밖, 전체와 부분의 문제도 빠트리지 않는다. 그리고 "입장을 바꾸어도/ 내 앞에 있는 당신에게 어른어른 나는 겹쳐져 있다/ 오해하기 위해서/ 당신은 손차양을 만들어/ 나에게 겹쳐져 있는 당신을 의심한다"라는 결구에 이른다. 오해와 의심의 현상학이라고나 할까, 조말선은 이해, 공감, 연대, 공통감각 등의 개념에 대하여 의혹의 시선을 보낸다. 그러나 이러한 그녀의 입장이 유아론을 의미하는 것은 아니다. 그녀는 관계를 포장하는 허위나 관계를 봉합하는 폭력에 민감하다. 이는 외부성과 타자성을 향한 관심의 전면적인 차단과 다르다. 「손에서 발까지」가 말하듯이 "당신이라는 장소에 도달하기 위해/ 손에서 발까지 걸어갔"지만 여러 가지 장애로 인하여 합일할 수 없다는 것이다. 이러한 과정에는 완전주의와 회의주의가 병행한다. 완전한 느낌과 인식에 대한 열망이 클수록 그것의 부재에 따른 회의는 깊어진다. 한 개인에게 있어서 몸과 마음이 분리되는 일이 다반사인데 타자와 손발이 맞긴 애초에 힘든 일이다. 그럼에도 우리는 공감과 연대를 이야기한다. 이데올로기와 환상이 개입하고 있기 때문이다. 적어도 시인의 생각이 이런 내용을 지니고 있는 것이 아닌가 한다.

한 손이 다른 손에게 구름을 건네주고 있었다 이 발이 저 발에게 바람을 건네주고 있었다 그것은 늘 움직이고 있는 한 손과 다른 손, 이 발과 저 발이어서 장소가 없었다 도착이 없었다 당신은 내 옆을 지나가고 있었다 나는 당신의 옆모습이 만족스럽지 않아 반쯤 표정을 숨긴 태도가 나를 외롭게 해 한 옆모습이 한 옆모습을 돌려세우려고 가고 있는 당신은 더 외로워 보여 그러니 당신은 이봐이봐, 당신을 돌려세우려고 가고 있었다 외로움의 제복을 입고 당신에게 당신을 건네주고 있었다 제복의 아름다움은 길게 줄을 서는 것 그것은 늘 움직이고 있는 현상이라서 봄이 왔다 한 손이 다른 손에게 봄을 건네주고 있었다 이 발이 저 발에게 봄을 건네주고 있었다 저 소실점까지!
　　―「가로수들」 전문

이 시가 가로수의 식물성을 예찬하고 있는 것으로 읽히진 않는다. 식물성에 대한 시인의 경사(傾斜)는 앞서 「확보」를 통해 보인 바 있다. 「친화력」에서 식물성은 식물인간이 된 남편과 그를 보살피는 아내의 관계에서 형성된다. 이 시에서 "입을 잃은 말이 몸을 찢고 나왔다"는 진술은 의미심장하다. "친화력"이라는 표제가 말하듯이 식물성에 부여하는 시인의 의미가 크다. 인용시 또한 이러한 식물성에 내재한 생성적 가치를 말하고 있다. "움직이는 현상"으로 표현된 생명현상이 그렇다. 그럼에도 "저 소실점까지!"라는 진술이 말하고 있듯이 이 시는 관계에 대한 우의도 포함하고 있다. "소실점"이 하나의 환각이듯이 영원히 만나지 못하는 것이 타자이다. 타자는 결말 없는 통로(「통로」)에 서 있을 뿐이다. 말할 것도 없이 조말선이 타자에 대한 환멸을 시적 경험유형으로 삼고 있는 것은 아니다. 식물성이 지닌 생성의 암시는 그녀의 시에 숨겨진 지향이 아닌가 한다. 그러나 이러한 지향이 차지하는 비중은 매우 낮다. 여전히 그녀의 시는 쓰고 지우고, 다시 쓰는 사유의 과정이다. 주체와 타자의 불확정성에 대한 탐구가 시적 주류를 이룬다.

이름의 억압으로 시인이 되었군요, 그는 내 이름을 듣자마자 정신분석가처럼 말하지만 전체주의적이다 초면치고는 점쟁이처럼 말하지만 보편적 오류에 빠져 있다 신비 따위로 수작 부릴 것도 없겠고 안줏거리로 더 썹을 것도 없으니 나는 곧 조말선과 계속 놀 수 있다 가면으로 가명을 쓸 수도 있었지만 너무 빤했으니까 조말선은 항상 오른쪽으로 약간 비켜서서 부제처럼 나를 따라다닌다 나는 혼자 조말선에 손가락으로 구멍을 파고 놀고 있다 나를 후벼 파는 일이란 내 얼굴에 부스러기가 떨어지는 일 나를 후벼 파는 일이란 떨어진 부스러기에 내 눈이 성가신 일 나를 후벼 파다보면 내가 내 무덤을 파고 있다는 것을 무서워하는 게 재미있어진다 이 정도면 수저통으로 쓸 만하군, 그는 나를 밥상 위에 올려놓고 숟가락을 꽂았다 나는 숟가락을 집어 던졌고 그 정도면 예뻐졌는걸, 그는 나를 탁자 위에 올려놓고 노란 프리지어를 꽂았다 푸른 프리지어라면 생각해보겠지만 왜 뭘 못 채워서 난리실까 취미를 빼앗길까봐 나는 그의 실용적인 취향을 비웃는다 나를 내버려둔다면 나는 아무것도 아닐 수 있다는데도요 구멍 난 조말선은 재떨이로는 제격이군, 그는 혀를 차며 조말선에 난 구멍에 이것저것 갖다댄다 나는 필사적으로 텅 비우기에 매진한다 아무것도 아니기 위해 나는 파낸 부스러기에 눈이 먼다 아무것도 아닌 것을 감추기 위해 나는 구멍의 입구를 좁히고 좁힌다

  ―「조말선」 전문

시로 쓴 시인의 자화상. 이 시를 통해 조말선은 시적 위치

와 태도를 분명히 한다. 그녀는 "보편적 오류"를 경멸한다. "성급한 일반화"가 "눈과 코와 입이 뭉개진"(「성급한 일반화」에서) 괴물의 형상을 만들듯이 그녀에게 보편은 전체주의적 폭력이다. 그래서 그녀는 해석의 권위를 내세운 일체의 진단과 호명을 거부한다. 그녀의 시적 대상은 철저한 개별성이다. "천수천안관음보살"을 "천 개의 보편성"이라 하더라도 그녀는 "천한 개의 죄 천한 개의 눈물"(「천수천안관음보살」)로 남기를 원한다. 보편성뿐만 아니라 그녀는 유사성을 회피한다. "손을 뻗으면 닿는 거리에 평행선을 긋고 있는 내 삶의 형제를 내 삶은 피한다".(「유사성」) 그래서 그녀는 차이를 향해 탈주한다. 그녀의 시는 차이의 개별성을 만들어가는 과정의 잉여이다. "수면 위 난처하게 떠 있는/ 나,/ 이 잉여물의 총체"(「기억」)라는 구절처럼 그녀는 시적 과정에서 남겨지는 "부스러기"들을 직면한다. 타자의 판단, 관습, 제도, 장치, 이데올로기, 보편, 상식의 울타리를 넘어서기 위하여 "나를 후벼 파는 일"이 남긴 엔트로피가 아닐까? 그래서 시적 카타스트로피를 피하기 위하여 그녀가 "필사적으로 텅 비우기에 매진"해야 하는 단계에 이르고 마는 것은 필연이다. 차이화를 통한 탈주가 차이화의 파라노이아로 귀결되는 아이러니를 경험한 탓이다. 이는 "거울을 깨어라, 나르시스"라고 외쳐도 "깨어야 할 거울이 너무 많으므로/ 나르시스와 나르시스들은 죽지 않는"(「나르시스와 나르시스들」) 형국과 흡사하다. 그렇다면 보편주의와 전체주의에 대한 그녀의 저항은 실패한 기획이 되고 마는가? 실패에 대한 두려움 속에서 그녀는 "아무것도 아닌 것" 되기의 전략을 구사한다. 이것 말고 그녀가 달리 선택할 방도는 없는가? "나를 후벼 파다보면 내가 내 무덤을 파고 있다는 것을 무서워하는 게 재미있어진다"는 고백에서 느끼게 되는 두려움처럼 이 또한 쉽지 않은 일이다. 조말선이라는 여성 시인의 젠더 스펙트럼을 벗어나기란 결코 쉬운 일이 아니다. 아무것도 아닌 것이 되려고 하지만 또한 "아무것도 아닌 것을 감추기 위해" "구멍의 입구를 좁히고 좁히는" 모순적 투쟁의 도정—저항과 조롱의 경계를 무너뜨리며 확정을 유예하는 과정에 그녀의 시인으로서의 위치가 있다.

나는 최초의 나로부터 도주하고 있다
최초의 나를 연장하기 위해
나는 최초의 나의 의심에 의심을 달고 있다
환멸에 환멸을 더하고
눈물에 눈물을 더하고
깔깔깔 웃음에 웃음을 더하면
뻔한 정오가 천 개의 빛으로 넘쳤다
했던 말을 반복하고 반복하는 것이
최초의 나를 연장하기 위해서라면
최초의 나를 지지하기 위해서라면
맨 처음 가계도를 그리던 날부터

나는 까마득히 도주하는 삶을
살고 있다는 것을
도주하는 것이 이토록 아름답다는 것을
연장하는 것이 이토록 감동이라는 것을
알기는 알았을 테지만
모르고도 나는 도주를 수단으로 살아왔다
치를 떨 때마다
내게 매달린 잎사귀들이 새파랗게 질리고
치를 떨 때마다 나를 배반했지만
나는 미덕의 반대편을 선호했으니
그것이 내 도주로의 필수코스였으니
최초의 나로 무성하기 위해
나는 최후의 나를 지연시키고 있다
―「나무」 전문

이 시는 조말선이 기획한 "도주" 혹은 탈주의 시학을 잘
집약하고 있다. 그녀의 시쓰기는 의심에 의심을 달고 환멸
에 환멸을 더하면서 차이를 반복하며 쓰고 지우고, 다시 쓰
기를 계속한 것이 아닐까? 도주의 즐거움은 처음 아버지 상
징 혹은 오이디푸스 체계에 대한 해체에서 비롯하며 나중엔
모든 관계에 대한 해부로 확장된다. 그녀에게 개별성을 찾
아가는 차이화의 과정은 중요한 시적 "수단"이다. 항상 동
화, 화해, 공감과 같은 "미덕의 반대편"에서 그것이 지닌 통

합성에 의혹의 눈길을 던진다. 예를 들어 서정시의 원천이라 간주되는 "고향"은 그녀에게 "후줄근한 중고품/ 더이상 그 속에 있지 않은 사람의 언어"(「고향」)에 불과하다. 추억과 그리움을 붙박아두는 향수는 그녀의 감정양식이 아니다. 그것은 그녀의 "도주로"에 걸림돌일 뿐이다. 또한 그녀는 "어울린다는 말"(「어울리니?」)을 거부한다. 그녀에게 "어울린다는 말"은 적어도 이해, 공감, 동의를 뜻한다. 오해를 억압하고 차이를 지우면서 "나"와 "너"를 봉합하는 이 말에 대하여 딴지를 건다. 그녀는 그 어떠한 통합이든 그곳에서 허위와 폭력의 기미를 찾아내고 만다. 그래서 "최초의 나로 무성하기 위해/ 나는 최후의 나를 지연시키고 있다"는 결구처럼 그녀는 밑도 끝도 없는 세계를 배회하는 것이다. 그 어떤 의미의 정주(定住)도 거부하면서 "까마득히 도주하는 삶"을 추구한다. 이러한 도주에 "최후의 나"는 없다. 자신의 죽음을 대상화할 수 없는 것처럼 도주는 그 어떤 목적지를 향한 것이 아니며 어느 순간 "최초의 나"로 되돌아간다. 도주는 "클라인 병"과 같이 외부가 내부이고 끝이 시작이다. 물론 이러한 도주의 시학이 순탄한 것은 아니다. 도주라는 시적 "수단"이 새로운 의미 생성을 중단할 때 밋밋한 동어반복을 피할 수 없을뿐더러 앞서 말한 대로 차이화의 파라노이아로 귀착될 수 있기 때문이다. 「메아리」에서 시인은 "나는 나를 흉내내고 있다/ 나는 내게서 낳은 것이다/ 최초의 나로부터 점차 희박해지고 있다"라고 진술한다. 「나무」

의 마지막 구절과 다른 뉘앙스를 품고 있다.

내 생각의 내장은 해변처럼 꾸물거리지
한마디로 잘라 말하면 버리기가 아깝지
예스라고 말하면 노가 끌어당겨
진실로 말하면 거짓이 끌어당겨
솔직히 말하면 항문으로도 할 수 있네
내 생각의 내장은 꼬여 있지
내 생각의 결론은 입에서 항문으로 오락가락하지
그래서 내 생각은 꿈틀거리지
있다고 말하면 없다가 뒤따라오지
좋아라고 말하면 싫어가 뒤따라오지
내 생각은 비워지지 않지
쏟아지지 않지
꼬리에 머리를 물고 오지
가설 뒤의 가설처럼 밀려오지
내 생각은 항상 거울을 마련하지
내 생각은 네 생각을 마주하지
네 생각과 내 생각 사이가 너무 멀어서
나는 중간에 딴생각을 하지
나는 지긋지긋하게 생각하지
생각 속에 물고기가 알을 낳도록 생각하지
끝이라고 생각하면 시작되지

—「내 생각의 내장은」 전문

　조말선은 사유의 시를 쓰고 있다. 이는 지금까지 두 가지 주류 유형인 재현의 시와 표현의 시와 다른 경향이다. 그녀의 사유의 시는 우로보로스 구조를 가진 여정을 보인다. 긍정과 부정, 진실과 거짓, 있음과 없음, 좋음과 싫음, 끝과 시작이 결합되어 있다. 이를 화자는 "나는 지긋지긋하게 생각하지/ 생각 속에 물고기가 알을 낳도록 생각하지/ 끝이라고 생각하면 시작되지"라는 진술을 통하여 설명한다. 생명의 복잡성과 원초성에 대한 자각이 묻어난다. 물론 사유의 구체적인 과정에 충실한 탓에 사유의 시가 생성의 시로 그 지평이 확장되는 양상은 아직 많지 않다. "타박상이 이토록 아름답다니!" "트러블이 이토록 아름답다니!"(「노을」)와 같은 진술이 보이는 몸의 언어와 현재의 구체적인 열기에 주목하는 시인의 입장에서 가능성을 찾을 수 있다. 아울러 감각의 원초성을 인식하는 「후각의 세계」 「인식」 「재스민 향기는 어두운 두 개의 콧구멍을 지나서 탄생했다」와 같은 시의 의의를 들 수 있다. 후각은 부피와 면적을 지닌 감각이다. 따라서 시각이나 청각과는 다른 지평을 지닌다.
　조말선의 시는 타자와 함께 하는 교감과 소통을 전제하지 않는다. 그녀는 처음부터 이러한 가능성에 대하여 회의하고 있다. 그런데 이는 모더니스트의 언어 회의주의와 다르다. 그녀는 사물을 담을 수 없는 대신 언어로 된 성채를 짓는 방법을 선택하지 않는다. 그녀의 언어 불신은 거듭 말하지만 쓰고 지우고, 다시 쓰는 과정으로 나타난다. 그리하여 그녀는 무한한 회색의 투쟁공간을 열어가고 있는 것이다. 이것이 그녀가 말하는 "시의 미래"(「비 밖의 무선상상력으로 만난 i, ㅎ, j, m, B」에서)이다. 그녀의 시법은 "낯설게 하기"를 통하여 소외를 다시 소외시키는 형식주의를 회피한다. 오히려 상투화되고 폭력적이 되어가는 관계를 매개하는 언어들과 맞선다. 그녀는 언어가 우리 사유의 근거이지만 또한 무질서와 왜곡의 원천임을 잘 알고 있다. "어울린다는 것이 어울리니?"(「어울리니?」)라고 던지는 그녀의 물음은 부단하다. 이러한 물음을 통하여 조말선은 독자가 지닌 기존 지식의 선입견에 구멍을 낸다. 그녀는 이른바 도식 분열 (schema disruption)을 통하여 의식의 쇄신을 요구하고 있다. 궁극적으로 삶을 구성하는 모든 관계에 대한 전반적인 재고와 쇄신(schema refreshment)을 요청한다. 이것이 그녀의 시를 통하여 발견하게 되는 의의이다.

확실히 역할의 나르시시즘에 빠진 현대인들은 진정한 관계의 진전을 이끌어내지 못한다. "깨어야 할 거울이 너무 많으므로/ 나르시스와 나르시스들은 죽지 않는다"고 생각하는 시인은 "거울을 깨어라, 나르시스"(「나르시스와 나르시스들」)라고 외친다. 대상을 통째로 삼켜버리는 야만적 에로스 속에서 대상은 바로 "나"다. "나"는 연인을 바라보는 것이 아니라 바로 자신을 바라본다. 내 것이 되어버린 향락의 상태에서 인식이나 관계를 생성할 공간은 없다. 탐욕적 성애자 나르시스들은 서로가 서로를 파괴하는 늪의 세계를 연출할 뿐이다. 이러한 현실에 대하여 조말선은 현상과 부재, 표면과 이면, 대표와 소수의 경계를 무화시키면서 "남은 것" "오지 않은 것"들에 대한 몽상을 지속한다. 그녀가 제시한 탈주의 시학이 지향하는 바가 있다면 바로 이런 몽상이다. 그녀는 차가운 거울로 세상을 반영하고 있는 거울의 시학에 언제나 의혹의 시선을 던진다. 허위적 언어, 얼굴이 사라진, 내가 사라진, 관계의 진실이 사라진 언어의 세계를 찢고 나가기 위해 조말선이 종종 취하는 방식은 도상적 지각과 감각적 사유이다. 이는 있는 그대로 지각하기라는 몸의 현상학에 그녀의 관심이 발동하고 있음을 알게 한다. 사라진 언어와 상실된 주체에 생기를 불어넣는 방식은 그녀가 제시한 식물성 담론처럼 하나의 남겨진 과제이다. 그녀는 마치 블록을 갖고 노는 어린아이처럼 차근차근 대상을 만지고 익히는 과정을 모색하고 있다. 이러한 모색은 기존의 권력 장치인 언어에 대한 부정의 연장선에서 진행되는 것이며 '나와 너를 다시 부려 살린다'는 조말선 특유의 저항과 연관된다. 빗겨나는 시선과 닿지 않는 비유의 그물을 뚫고 그녀는 끊임없이 자신을 기투한다.

비로소
비가 오지 않는 방에서

117

주격조사 i는 빗소리를 증가합니다
마주보는 두 벽이 거울을 주문합니다
중앙은 테이블에 맞춰놓고
창문은 열려 있습니다
주격조사 ㅎ이 옆에
침묵을 앉혀놓는 버릇은 따로 있습니다
이중에서 밀애중인 한 사람과
한 사람 사이의 다른 사람 덕분에
TV야구를 즐길 수 있기 때문입니다
특히 이닝과 이닝 사이에서
바깥의 비를 생각하는 재주는 천재적입니다
다행히 주격조사 j가 창문을 등지고 앉습니다
중앙에 집중하는 것은
일일연속극의 가르침입니다
빗소리가 가장 잘 들리는 곳은 j의 시입니다
비가 그치지 않았으므로
주격조사 m은 만나는 장소가 서술어입니다
m은 여러 번 쟁반을 들고
주방을 드나들며 주격조사를 첨가합니다
주격조사 B는 주격조사 b가
내리는 창문을 열어두었기 때문에
자기 시의 미래에 내릴 것입니다
　　　　—「비 밖의 무선상상력으로 만난 i, ㅎ, j, m, B」 전문

118

"시의 미래"라는 말에 주목할 때 이 시는 시에 관한 시, 메타시라 할 수 있다. 먼저 "i, ㅎ, j, m, B"와 같은 모든 부호들이 '주격조사'라는 사실을 염두에 두자. 예상치 못한 주격조사들의 활거는 안정적 상상과 배치를 용인하지 않는다. 주격조사 "i"는 비가 오지 않는 방에서 빗소리의 일루전을 그린다. 나르시스의 표정과 무연하지 않을 것이다. 프로 야구에 몰입하는 주격조사 "ㅎ"이나 창문을 등지고 일일연속극을 보고 있는 "j"는 호명당하는 주체에 다를 바 없다. 그런데 "빗소리가 가장 잘 들리는 곳은 j의 시"이다. "j의 시"는 무엇일까? 외부로써 위안과 공감을 얻는 방식이 아닐까? 그렇다면 "j의 시"는 나르시스의 또다른 거울에 지나지 않는다. 주격조사 "m"은 현실의 시간에 충실하다. 역시 문제는 마지막 구절에 있다. "주격조사 B는 주격조사 b가/ 내리는 창문을 열어두었기 때문에/ 자기 시의 미래에 내릴 것입니다." 거울 이미지를 넘어선다는 의미일까? 조말선이 말하는 "시의 미래"는 무엇을 지향하는가? 가령 도상에 대한 상상을 엿보자. 이는 원초적 언어의 심상에 도달하려는 욕망과 무관하지 않을 터인데 있는 그대로의 응시가 생성적이다. 「무엇」에서 아라비아 숫자 1에서 10까지의 상상의 끝에서 "둥근 무엇을 생산"하는 것처럼. 열림과 생성은 나를 넘어 모든 감각을 대상과 세계를 향해 열어놓을 때 가능하다. 조말선이 유독 기존의 인식과 언어의 늪을 벗어나 시원의 감각, 가공되지 않은 원초적 감각에 몸을 내맡기고자 한 것은 언어 이전에 앞서는, 억압 없는 본능적 야성의 세계, 순결한 인식을 염원하기 때문이다. 이것은 어떠한 위장과 포장을 용납하지 않는 감각의 세계이다.

찢어지는 고통은 고통인가 쾌락인가 환희인가
찢어지는 고통의 기억은 능지처참의 기억인가
책이 찢긴 기억인가
셔츠가 찢긴 기억인가
그것은 경쾌한 소리의 기억인가
그것은 이 악다문 통증의 기억인가
이 대담한 수식어는 나에게 경험적인가
이 끔찍한 수식어는 나에게 선험적인가
이렇게 무모하게 사용할 만큼
나는 끔찍한 지경에 이르렀던가
찢어지는 고통은 왜 현재형인가
찢어지는 고통은 왜 과거완료형이 아닌가
찢어진 사람, 찢어진 책, 찢어진 셔츠는
말할 수 없는 입
가슴이 찢어진 사람은 말하지 않는 입
찢어지는 고통은 왜 현재형인가
찢어진 고통은 말할 수 없는 고통
찢어지는 고통은 내가 함부로 쓰는 내 것이 아닌 고통

―「찢어지는 고통」 전문

이 시를 통해 유희처럼 보이는 자신의 시에 대한 바른 이해를 요구하고 있는 것처럼 느껴진다. 이해의 불가능성을 전제한 그녀이기에 결코 예사롭지 않다. 조말선의 시가 지닌 매력과 난해함은 끝없이 반복되는 요설적 리듬에 있다고 해도 과언이 아니다. 그러나 이처럼 반복된 리듬은 새로운 언어와 새로운 관계를 생성하려는 고통스러운 도정에 다를 바 없다. 그러나 그녀는 "찢어지는 고통"을 직설하지 않는다. 그러한 방식이야말로 이미 많은 이들이 해온 방식이다. 그래서 그녀는 "말할 수 없는 입"으로 가장 구체적인 것들을 지각하고 그녀만의 언어로 힘겹게 발설하려 한다. 이는 고통이다. 그러나 "현재형"이므로 "고통"이라 말할 수 없다. "말할 수 없는 입"은 "말할 수 없는 고통"이다. 시인으로서 조말선의 투철함은 바로 이러한 고통에 대한 인식에 연원한다.

조말선 1965년 경남 김해에서 태어났다. 1998년 부산일보 신춘문예와 『현대시학』으로 등단했다. 시집으로 『매우 가벼운 담론』 『둥근 발작』이 있다. 2001년 제7회 현대시 동인상, 2012년 제17회 현대시학작품상을 수상했다.

문학동네시인선 027

재스민 향기는 어두운
두 개의 콧구멍을 지나서 탄생했다
ⓒ 조말선 2012

1판 1쇄 2012년 9월 30일
1판 3쇄 2021년 10월 20일

지은이 │ 조말선
책임편집 │ 강윤정
편집 │ 김민정 김필균 김형균
디자인 │ 수류산방(樹流山房) 본문 디자인 │ 유현아
마케팅 │ 정민호 이숙재 우상욱 정경주
홍보 │ 김희숙 함유지 김현지 이소정 이미희
제작 │ 강신은 김동욱 임현식
제작처 │ 영신사

펴낸곳 │ (주)문학동네
펴낸이 │ 염현숙
출판등록 │ 1993년 10월 22일 제406-2003-000045호
주소 │ 10881 경기도 파주시 회동길 210
전자우편 │ editor@munhak.com
대표전화 │ 031) 955-8888 팩스 │ 031) 955-8855
문의전화 │ 031) 955-3578(마케팅), 031) 955-2678(편집)
문학동네카페 │ http://cafe.naver.com/mhdn
북클럽문학동네 │ http://bookclubmunhak.com

ISBN 978-89-546-1928-8 03810

www.munhak.com

문학동네